JN004312

花田菜々子

シングルファーザーの年下彼氏の子ども2人と格闘しまくって考えた「家族とは何なのか問題」のこと

河出書房新社

プロローグ

お守りのような人

すごく何年ぶりかに恋愛の相手ではない男の人を家に泊めた。しかもほとんど初対面の人。地方で書店員をしているNだ。東京駅に20時、新幹線からの乗換改札口で待ち合わせる。見つけられるか心配だったけど、細い身体にひらりと羽織った白いシャツが雑踏の中で目立って、すぐにわかった。身軽な人の笑顔だった。地上に出ると夜の街は少し肌寒いくらいで、夏の始まりを感じさせる湿った風が強く吹いていた。

人ときちんと親密になるために会うとき、最初の15分くらいはほんとうに重要な時間だと思う。それでいて、使える小手先のテクニックは何も存在しない。緊張を前面には出したくないけど、不自然な明るさや打ち解けたような演技は持ち込みたくない。強いていうならば、それは体幹と呼吸を意識して歩くことに似ている気がする。どれだけ芯からぶれずにまっすぐに、こわばらずにいられるかに集中して。

Nは、2年ほど前に自分の店で無名の本を革新的なやり方で仕掛けて売ることに成功し、書店業界を大きく賑わせていた。彼のことを知らなかったが、その展開についてのインタビューでの「斬新な企画を思いついてやったのではなく、この本を手にとってもらう最善の方法がこれだと思ったからやっただけ。企画から考えることは今後も一切ない」という発言を読んで、純粋に「こんなすごい書店員さんがいるんだな、自分ももっとがんばらないと」と尊敬の念を抱いていた。NはNで、私が書いた『出会い系サイトで70人と実際に会ってその人に合いそうな本をすすめまくった1年間のこと』という本を読んでくれて、熱のこもった長い書評を寄せてくれていた。言葉の多くは共感に費やされていた。そしてNは本の売り方や書店での売場の発想法について書いた本を出していたので、今度は私が読んで共感する番だった。本の売り方についての考えも似ていたが、「自由」「枠にとらわれない」「生きづらさを抱えて、それでも生きること」について執拗に書いていて、ここもここも自分に似ている、とひたすら思い続けた読書だった。多分Nもそんなふうにして私の本を読んでくれたんだろう。そんな内的両思いの2人の、ついにやってきたデートの夜。

「風が強い……！」

「大丈夫ですか？」

歩きながら話す。

「あの、Ｎさんの本、読みました。面白かった」

「おお、よかった」

「面白かったし、多分私たち似てるんだろうなって」

「うん、それは俺も思った」

「私の人生のテーマも多分ずっと『自由』で、自由であることを求めてて、普通に生きられないことを子どもの頃からずっと悩んでいたので」

「ほんとうに自由な人は、とらわれないから枠を気にせずに生きられるし、普通の生き方が困難なくできる人も、枠を意識することなく生きられるだろうし。僕らはちょうど境界線の上にいるんじゃない」

「うん」

「俺たちみたいなのだけが、ただ息をしているだけで何度も『普通』の枠に何度もぶつかって苦しむから、枠の存在を意識せずには生きられないんだろうね」

「あと、本屋で働くことで、自分のままで生きられるようになったところも、同じだと思う！」

風にかき消されないように大きい声で言うと、なんだか馬鹿みたいで恥ずかしかった。でもＮが振り向いて「そうそう」と笑ってくれたのでほっとした。

シャッターを閉め始めている商店街と細い路地を通り、大きな道路を渡って繁華街へ。雑居ビルの4階にあるお店に入る。やっと無風の空間に逃げ込んで、ぼさぼさになった髪を直したりしていると、もうすでに古い友人のように身体がなじみ始めるから不思議だ。

「Nさんは飲む人？」

「飲もうと思えばいくらでも飲めるし、飲まなくても平気」

「じゃあほどほどにたくさん楽しく飲もう！」

「俺、この聞いたことない名前のお酒にしよう」

乾杯して適当に食べ物を注文する。

「似てると思ったところ、他にもあって。インタビューとかで、よく、出版業界は不況と言われていますが、とか、本が売れない時代と言われていますが、って、締めの質問としてよく聞かれるでしょう？　Nさんも、その話が自分にはしっくりこないと本の中で書いてたよね。私も苦手で」

「ああ、あれ！　そう、苦手、っていうか、業界を変えようとか思ってやっているわけじゃないから答え方がわからない」

「期待されてる言葉がどういうものかはわかるけど、言うと嘘が混じるようで申し訳なく思う」

「自分のやりたいこと、やってるだけだもんなあ。自分と、目の前にある本のことで精一杯」

大人になって、社会性を少しは身につけ、生きづらさは薄まった。自分と違う意見を持つ人との出会いはむしろ発見の連続で面白い。でも、自分にとって当たり前の感覚について話すたびに、驚かれたりして、何度も詳しく説明しなきゃならない挙句《あげく》、でもどうして？　どうしてそんなふうに思うの？　と少し否定的なニュアンスで聞かれ続けることは時に疲れる。議論も少しなら楽しいけど、受け入れる気がない人に答えるのは疲弊《ひへい》する。

お酒をおかわりしながら、本屋のこと、人生のこと、どうでもいいことをあれこれとNと話すうち、普段は折りたたんでいる羽のすみずみまでを伸ばせるような感覚が身体の内にめきめきと宿っていった。

実際に会うまでの何往復かのメールのやりとりの中で、Nは私の本への共感とあわせて、異性と恋愛やセックスを伴わない関係を築きたいのに、そのことを周囲の第三者に伝えてもなかなか理解してもらえない、と書いていた。

「東京に、家に泊めてくれる女友達がいます。恋愛にしたいと思っているわけじゃないし、家に泊まってももちろん何も起こらない。けれど、そのことを人に話すと、『そんなわけがない』『意味がわからない』と言われることが多く、最悪の場合は『セックスしてあげないなんてかわいそう』とまで言われる。こういう人たちこそ意味がわからないし、人間関係の可能性を狭めていてもったいないと思う」

　私もそれについては同意見だったし、返信として「じゃあ今度東京に泊まるときにはぜひうちにも（笑）」などと軽く返してそのままになっていたのだが、その後実際に会う話になって「東京に行く日、ほんとうに泊めてもらってもいいですか？　でも無理しないで大丈夫なので」と聞かれた。メールで感じている人柄から判断して問題ないような気もするが、実際に会ってみてめちゃめちゃめんどくさい人だったら憂鬱だな、と思い、ちょっと迷った挙句に「近所に彼氏が住んでいるのでやめておく」と返事することにした。

　Nからは、もちろん、といった雰囲気で、

「彼氏さんいるならそのほうがいいかも！　ホテルとか取らないので多分どっかの漫画喫茶にでも行きます」

　という返事が来てこの話は終わった。

　肩の荷が下りるような安堵もあったが、そういえば若い頃は男友達の家に泊まったり、逆に家に泊めたり、ということがけっこうあったなあ、と思い出し、歳をとったのを感じるようでもあり、自分の守りの姿勢をちょっとさびしくも感じた。どっちなんだ。

それで、Nには言わないまま、成り行き次第でうちに泊まってもらえばいいか、ホテルも取らないみたいだし、と勝手に心で決めていた。

従来の恋愛に対しての懐疑は、私とNの共通のテーマであるらしく、考え方もかなり似ていた。

「俺は、もう恋愛はいいかなと思ってて。ないほうが、むしろ楽しい」

「私もそう思う……って、彼氏がいる立場で言っていいのかわからないけど。ひとりの人と特殊な関係性を築くことの面白さはわかるんだけど、それが性欲や独占欲や嫉妬とか、あと一生の約束をする、みたいな事象と当たり前に結びついてないといけないっていう話になると、ちょっとわからなくなるんだなあ」

「それはすごくわかる。あと、俺の場合は関係を持っちゃうと興味が失せちゃうような感覚もあって、面白いと思った人とそうなるのがもったいないなって思って」

「ああ……、あの感情はなんだろうね。さめてしまうのも嫌だし、逆に執着してしまうことも面倒で。その執着も『ほんとうの愛』みたいなところからかけ離れたものだってこともわかってて。その人のすべてを受け入れなきゃ、と勝手に自分を追い込んで、そのくせ『でもこういうところは嫌』と粗《あら》探しをしてしまったりするから」

「急にハードルが上がるんだよね。だから可能性は感じたいけど、ないほうが楽しい。しないほうが、相手により踏み込める感覚もあるし。みたいなこと言うと、昔はよく草食系男子、とか言われたりしたけど、全然違うんだよなあ」

ラストオーダーの時間であることを告げられて、お互いの顔を見る。

「どうする？　もう少し飲む？」

「俺は大丈夫、何時までででも。その辺の漫画喫茶泊まるつもりだから終電も関係ないし。でもそれなら花田さんの家の近くで飲んだほうがいいか。花田さんの家の最寄り駅に漫画喫茶ってある？」

「やっぱりうちに泊まっていいよ、うちで飲もうよ」

「え？　だって大丈夫なの？」

「まあ大丈夫じゃない？」

自分のついた嘘のあれこれが面倒だったので、適当に言い捨てて店の外に出る。お酒が程よくまわって、夜風が気持ちいい。駅まで向かおうと道を知っている私が誘導しながら歩くが、Nの歩き方はフニャフニャしていて頼りない。小さい子どもを連れて歩いているときの感覚に似ている。背だけ伸びてしまった中学生のようなオーラ。そして『ライ麦畑』の主人公の男の子みたいなしゃべり方。

「俺、次に出す本、もう考えてるんだよね」

「どういうの？」

「俺はずっと死にたいって思ってたけど、ちょっとずつ生き延びるコツがわかったっていうか。だからもう多分この先ずっと生きられる。それまでは自分を殺して、普通じゃなきゃいけないって、とにかく窮屈だったのよ。そこからどうやって〈適応する〉って意識で日常を組み立ててきたか。そのことを書きたい。タイトルはね、そのまんま……適応力！　ははは」

「そのタイトルの新書、もうありそうじゃない？」

「検索してみるわ！」

電車に乗り、最寄り駅で降りて、途中のコンビニでお酒とおつまみを買って、公園沿いの道を歩いて帰る。風はさっきよりも強くなって、視線の先に、誰も乗っていない一組のブランコが暗闇に揺れている。もう生きられる、と笑うNの言葉は嘘ではないと心から知っているのに、どこまでも追いかけてくるような影がちらついて、なぜか胸が痛んだ。

知り合ったばかりなのに変な感覚だけど、Nのことをまるで双子の片割れのように感じていた。私もずっと死にたかったし、きっと同じような理由で、生きていることが苦しくて、でもどこかで生まれ変わって、それから今日までそれぞれ生きてきた。こんなに「同じ」人がいたこと、その人に今夜こうやって会えたこと。「似ている」ってただそれだけで、自分の痛みが減るわけじゃないし、これからも別々に自分の荷物を背負って生きていくだけのことなのに、どうしてこんなに救われるのだろう。

あんなに熱に浮かされたように話し続けていたのに、部屋で缶チューハイを開けてしまうと、もっとたくさん話さなきゃ、という焦りに近い感情は和らいで、やさしい時間が流れていた。たくさんの新しい情報はもうそんなにいらなくて、ただの、目的のないキャッチボールみたいに、真ん中に投げて、真ん中に投げ返すだけの会話のやりとりを続けた。

キッチンに立って、Nに背を向け、冷凍庫から氷を取り出してグラスに入れる。今日、もしセックスしようと誘いかけたらできるのではないか。断られる可能性もあるけど、でも、そう仕向けてもし受け入れられたら、それはそれでけっこう楽しい時間になるんだろうな。と、そこまで想像して、これってやっぱり人を馬鹿にしていることなんだなと思う。結局そういうもんでしょ？　って見下すような。あきらめのような。

安心してくれ。お互いの好意も、親密さも、ささやかな性欲も、私はそんなふうに使ったりはしない。といって、どこか別の場所で、軽はずみに一夜を過ごす男女の友情があったとしても、そのことがセックスの介在しない友情に比べて劣っているというわけでもないのが難しいところだが。

普通の顔で部屋に戻り、変わらずにぽつぽつと話し続け、2時を過ぎたくらいで聞いた。

「もう眠い？　そろそろ寝る？」

「うーん……横になったらすぐに寝ちゃいそうな気はする」

「寝ようかあ」

お客さん用の布団を出して、枕とタオルケットを渡して、電気を消してそれぞれ横になったら、Nの言ったようにすぐに眠気がやってきた。足の向こうからNの声が聞こえる。

「部屋広いね、これで家賃っていくらくらい」

「7万5千円」

「俺はねえ、2万8千円」

「安すぎ」

「住むところ、こだわりないんだよ、食べるものも、着るものも」

「そんな感じするよ」

どうでもいい会話を最後に静かになって、あれ、寝たかな、と思うのと同じくらいに自分も眠りに落ちていった。

朝起きると、もうNは身体を起こしていた。起こしつつ、寝ていた。

「おはよう……寝れた？」

開ききらない目を無理やり半分だけ開けて聞くと、Nも目と口がまだ開かないみたいで、無言でピースサインを出して笑っていた。ミッキーマウスのTシャツ姿で、ただ朝日を浴びていた。

Ｎと駅で別れたあと、お礼のＬＩＮＥが届いた。「ありがとう、楽しかったです、また来ます」というだけの簡潔な内容で、こちらも同じ気持ちを伝えた。ただそれだけの一往復のメッセージだけど、何となく何度かスマホを開いては見返した。記念写真を見るように。

Ｎと会えてよかったな、と思う。どこかでこの人が生きているのだと思うだけでうれしい。心が通じ合ったと思えたし、仲良くなれたと思ったけど、もうしばらく会わないとしても、困らないし苦しかったりもしない気がする。５歳児くらいになった私たちの魂だけが、いっしょに夜のブランコでただ遊んでいられたらいい。私に必要なのはそれだけだった。

誰かに理解してもらわなくてもいい。確実にここにあるのは、私がお守りのような何かを受け取った、私はそれを大事にして生きていくということだけだ。

シングルファーザーの年下彼氏の
子ども2人と格闘しまくって考えた
「家族とは何なのか問題」のこと

目　次

第5章　男1＋女1＋子ども2＝家族？　144
ミナトのお悩み相談室　144
教育方針は誰のもの　150
身内からの攻撃　155
私たちは家族なのか問題　167

第6章　誰かといっしょに生きるということ　171
ちょっと変わった約束　171
行ってしまうんだね　177
意外なところからのプロポーズ　184
女性のための本屋にできること　190

エピローグ　深夜高速バスは、北へ　198

本書に登場した本一覧　208
子どもとの関係性や親子関係について考えるための13冊　210

プロローグ　お守りのような人　1

第１章　子どもを持つつもりじゃなかった　19

愛はべつに美しいものではない　19
さびしさが消えた世界で　22
「付き合う」がわからない　24
未知との遭遇　33

第２章　夢のような本屋ではたらく　40

小さな「街の本屋」の店長になった　40
金色の西日が差す店で　46
リベンジのはじまり　54

第３章　仕事も家庭（？）もけものみち　61

謎の生きもの観察日記　61
加害者になるのが怖い　69
また新しい場所へ、旅　74
女性のために？　そんなものあるのか　80
これが僕たち３人の生活　92
はじめてのお出かけ　103

第４章　迷いと不安と鬱《うつ》の春　111

船出の日は曇り空で　111
答えられなかったままの問い　121
親じゃないけど教育しなきゃ　125
コンビニまで、２人の夜中の散歩　129
つらいときはゲームに逃げ込め　136

装画　フジマメグム
装丁　佐藤亜沙美（サトウサンカイ）

シングルファーザーの年下彼氏の
子ども２人と格闘しまくって考えた
「家族とは何なのか問題」のこと

第1章

子どもを持つつもりじゃなかった

愛はべつに美しいものではない

出会い系サイトでいろんな人と会って本をすすめまくった日々の後、放浪癖がついてしまったのか、本屋から本屋へと転々としている。流浪の書店員。これを書いている今は都会の本屋で店長として働いているけど、この本が出る頃にはまた辞めていることだってありえる。

かつてヴィレッジヴァンガードという会社で12年くらい働いていた。そこをすごく愛しているという気持ちがあったから、辞めてしまっても同じように別の何かを愛せるのだろうか？　そんな会社や仕事に出会えるのだろうか？　と考えると足がすくんで、当時はなかなか辞めることができなかった。

結論から言って、何かを同じように愛することはなかった。どの場所にもその場所にしかない素晴らしさや、そこでしか出会い得なかった人がいた。遠い記憶はいつもやさしく心を温めてくれる。でもそれだけのことだ。執着を感じることはなかった。

振り返ってみれば、ヴィレッジヴァンガードへの愛も、たいして美しいものじゃなかった。典型的なやりがい搾取のブラック企業で、ずいぶんひどい目に遭っていたんだなと理解したのは、辞めて客観視できるようになってからだった。楽しんでいるふりをして生きている、共依存みたいな関係だった。愛がきれいじゃないなんてこと、世界中のあらゆる文学に書かれているのに、それでもなぜか無意識のうちに美化してしまうから不思議だ。

だけど、あの12年間、20代を過ごした時間に、数えきれないくらいの宝物を手に入れた。売るという仕事の楽しさ、店の仲間とひとつの目標に向かって力を合わせる一体感、その目標が達成されたときの喜び。休みなんていらない、と心から思えて仕事にのめり込めたこと。商品をどうやって売るかを毎日お客さんの反応をダイレクトに感じながら、試行錯誤し続けられたこと。徹夜作業中の午前3時の、どんな会話も面白くなってしまう深夜ハイ。そのあとみんなでぐったりしながら朝日を浴びたこと。すべてあの会社で本気でがんばらなければ手に入らなかったものだと思うと、どう考えたらいいか混乱してきて、頭を抱えたくなる。ブラック企業で働いている人に「そんな会社辞めれば」と言うことは簡単だけど、もし自分も誰かに「そんな働かせ方は異常だよ。辞めたほうがいいよ」と言われたとして辞めていたら、あれが全部手に入っていなかったのだ。

それはもはや「私」ではない。だから答えを出せない。

今ではヴィレッジヴァンガードもそうとうクリーンになったよ、と、今も働いている元同僚が教えてくれた。ただそういう時代だったのだと思う。

私はヴィレッジヴァンガード、という愛の対象を失ったことで、しかし次の職場を同じように愛しはしなかったことで、次は、なんとなく、出版業界全体・本屋全体のようなものを愛してみようと思った。しかし、それは彼氏がいないからとりあえず合コンに行っているようなものだった。もう「愛」という言葉が違うのかもしれない。思いつめてしまいすぎないように、もっとライトな気持ちで関われたらいいのに。

本屋にこだわっているわけではない、となぜか人に言い訳してしまう。でもずっと本屋を続けている、本屋でやりたいことはたくさんある――。

そんな話をすると、やさしい大人の顔をした人たちは「天職なんでしょう」と言ってくれる。あ、無理やり誉め言葉を言わせてしまった、大人げなかったかな、と反省して笑ってごまかすのだが、違和感が残る。

天職？　これが？

心の中で子どもの姿をした自分が「やだね」と言って笑いながら逃げていく。

なぜだろう、認めたくない自分がいて、決めたくない自分がいて、答えを遠ざけている。

何かに執着したくない。執着したら醜くなるから。どこまでも自由でいたい。いつも予想外のことが起きてほしい。旅みたいなのがいい。そう思って生きるようになっていた。

さびしさが消えた世界で

さびしさって何だろう?

離婚してから、そもそも、自分はつくづく結婚というものに興味がなく、適性もなかったのだなあという思いを度々噛み締めた。「約束」のある関係性にも興味がなかったし、将来の保証のために今を我慢すること、相手を思いやって、たった一人のパートナーとして死ぬまでいっしょにいるために、関係を維持・強化していく努力などを1ミリもしなかった。

嫌になったら離れればいいだけ、と思って、離婚するときも実際にそうしただけだった。

離婚後、結婚していて、子どもがいる男の人と仲良くなった。恋愛のような気持ちを感じていた。その人は、奥さんのことは家族として、子どもの親として必要な存在であると言っていた。

彼と付き合うためには、その人の許可がいるように私は思った。もしくは離婚して状況をクリアにすることが。それを伝えると、その人はそんなことを言わずに秘密にして付き合い続けよう、とは言わずに、家族とも折り合いをつけようと話をしてくれたようであった。

しかし、結局この恋愛はうまくいかなかった。私より、「常識的」な彼や彼のパートナーのほうが、この世の中ではずっとまともなのだろうと思う。だったら「奥さんには秘密にして付き合おうね」と言ってあげたほうがよほど親切だった（いや、むしろそんなことは言うまでもなく、常識なんだろう）。正直でありたいという私のわがままのために、私の好きだった人や、その人をかつて好きでいてくれた女の人までをも傷つけてしまった。「家族」という容れ物に亀裂を残してしまった。

いや、自分が原因だなんていうのはあまりにも思い上がりなのかもしれない。彼だって私の言いなりになる生きた人形ではないし、私はたまたまその家族の問題を可視化させる存在にすぎなかったのかもしれないけど。

失恋の果て、他人を傷つけ尽くすことと引き換えに、自分のあばら骨も折れ尽くした気がした。彼の不在や、その人を失ったという自分の状況にさびしさを感じるかと思ったけれど、逆で、「さびしい」と感じる器官自体が身体から消え去ったように感じた。

20代の頃、恋愛とセックスは自分にとってかなり重要なトピックスだった。それは幸福感や生きている実感、あるいは自分の存在価値ともダイレクトにつながっていたし、それゆえに振り回されて苦しく感じることも多かった。

けれどもしかしたら、恋愛のない世界のほうが、私にとって生きやすい世界なのかもしれない。そんなことは今まで考えたこともなかったけれど（だって恋愛はいつだってしてしまうものだったから）、不思議としっくりきた。

これが自分本来の姿であるようにも思えた。

そんなふうにして、私はさびしさのない世界を生きていた。

Tさんが目の前に現れたのは、そんな日々に慣れ、何不自由なくぬくぬくと自分らしい生き方をしている最中のことだった。

「付き合う」がわからない

「付き合ってください」

ちょっとふざけてるのかな、と思うくらいにまじめな顔でその人は言った。

恋愛と無縁の世界をしばらく生きていたので、遠い記憶の中から、こんなときはどういう顔をしたらいいのだったか、どう答えるのがいいのだったか、脳内をぐるっと検索したが特に役立つ情報はなかった。ので、そのままを聞いてしまう展開になった。

「あの、付き合うってどういうことですか？」


告白者（？）であるTさんは、職場である本屋の常連のひとりだった。店で扱っていないような新刊のコミックを月に何十冊も取り寄せ注文する人で、たびたび顔を合わせるうちに言葉を交わすようになり、徐々に親しくなり、ついには飲みに行くことになった。

こんなに新刊をたくさん買う、しかも電子書籍やアマゾンを使わないって、どういう人なんだろう？　まさか漫画家？　いや、そのアシスタント？　と思ったが、もしかして、と思って聞いてみるとただの漫画好きなだけだった。

代わりに話せば話すほど驚きの個人情報が次々と出てくるのだった。


その1。服装や見た目の若さから20代前半くらいなのかなと思っていたけれど、実際には31歳。まあこれは誤差の範囲か。

その2。小学生のときに自らの意思で実の親元を離れ、祖母の家で生活していたという。引きこもりや不登校をこなす一方、中学生のときから新聞配達のアルバイトをしてハガキ職人をしていた。投稿先は深夜ラジオや雑誌「ＳＰＡ！」内のコーナー「バカはサイレンで泣く」。私はラジオは詳しくなかったが、天久聖一《あまひさまさかず》さんやせきしろさんが好きで「バカサイ」はよく読んでいたので、話が盛り上がった。

その3。実はシングルファーザーである。子どもは小学校5年生と2年生の男の子2人。産みの母親とは子どもが5歳・2歳のときに離婚している。

「いろいろと大変だったんですね。でも、シングルファーザーか。すごいなあ」

「うーん、大変だったかもしれないし、いろんな人からかわいそうだと言われたり偉いと言われたりするんですが、でも普通、というか。だってその立場になったら、そうする以外にないでしょ？」

そう言われると、すごい、と言ってしまった自分が恥ずかしかったけれど、いや、でもやっぱりすごいよな、と思う。シングルマザーは現実的にあちこちで見聞きしていて、伝聞とはいえ多少存在に慣れているのだけど、シングルファーザーは情報がなさすぎて、どんなものなのかわからない。

「若くしてひとりで子育てに追われていた……ということですよね。まわりの同い年の人が遊んでいる年齢のときにひとりで子どもを育てなきゃいけないっていうのは、つらかったですか？　青春を謳歌できなかった、というような気持ちがあるものですか？」

「ないですねえ。僕の場合はずっと学校にもなじめずに、ラジオ投稿と漫画だけが世の中との接点で。夕方になるとおばあちゃんが声をかけてくれて、買い物のついでにモスバーガーを買ってきてくれるんですが、高校を卒業するまでは、モスバーガーを自分ひとりで買うことすら思いつかなかったんですよ。

子どもができたことで結果的に無理やり社会に出ていかなきゃならなくなったし、同じ保育園のお母さんたちとか、人とコミュニケーションが取れるようになって。子どもがいなかったら生きる意味も特に感じられなくて、どっかで死んでたんじゃないかなあと思いますね。子どもがいたから生きる理由ができたというか」

えっ、と驚くふりはしてみたものの、ほんとうにそんな感じだったのかもしれないなあ、と妙に納得がいった。

そして、子育てをしたことのない自分にはわからないけど、シングルファーザーといっても人生のすべてを子育てが占めているわけではないらしい。当たり前に、ひとりの人間として生きているのだ。でも、普通に妻がいて子どもがいる男の人たちとはずいぶん違って見える。彼らの子育てへの参加が少なすぎる、とか、そんなことを言いたいわけじゃないけど、でもやっぱり男の人が1人で子どもを2人育てるということが実感としてよくわからない。土日まで丸ごといつも子どもと過ごさなくてはならない毎日。面倒くさいから外食で済ませようとしても、「ここはやだ」「これは食べたくない」「〇〇がいい」と子どもが反対してきて何を食べるか決まらずに途方にくれるという平日の夜のこと。

「でも、11歳と8歳だったら……もうそろそろ、いつもいっしょにいないといけないという時期も終わりなんじゃないですか」

「うん。それがうれしいようでもあり。やっと解放されて、好きなことができるような。反面、さびしいような気もして」

「自由になったら何がしたいとか、ありますか」

「グルメ紀行」

「は？」

「世の中にはおいしいものとかたくさんあるんだろうと思うんだけど、さっきも言ったとおり、子どもの意見を聞いてると、結局ファミレスとかハンバーガーとか、そういうのになっちゃうんですよ。多分世の中にはおいしいものがいろいろあるんでしょ？　ふぐとか、キャビアとか」

　べつにどっちもそんなにおいしいってほどじゃないですよ、と言いそうになって口をつぐんだ。そんな、絵に描いたような高級な食材に憧れるほど、遠い世界なのだなあ。20歳から子育てして、職場と保育園と家の往復ばかりだったら、そんなたいしたことないような食べ物も遠くに輝いてみえるのか。

　どんな世界を生きているんだろう。

「花田さんは今は彼氏はいないんですか？」

「え？　そうですね、しばらくいないです」

Tさんの話法は単刀直入だなあと思う。そういえば店で話してるときもそうだった。

「さびしいと思うことないですか？　僕も1年前くらいに彼女がいて、別れたけど、すごくさびしくて」

「子どもがいるのにさびしいと思うんですか？」

「子どももしかいないから、さびしい」

私は、自分のこれまでの話を少しした。結婚している人と恋愛したのち、今は恋愛にもあまり興味がないし、さびしさもよくわからないし、結婚にも興味がないこと。孤独や自由が自分の本来の性分であるような気がすること。話が通じるような気もしたし、わかってもらえなくてもべつにいいと思っていた。

聞き終わると、Tさんは背筋を伸ばして宣言するように言った。

「僕は大丈夫ですよ。何しろ結婚してないですから、そんなふうに花田さんを傷つける心配はありませんから！」

ん？

噛み合ってますか？　この会話。と思うが、もしかしたら噛み合ってるのかもしれない。

どこかはるか遠くの地球の裏側くらいで。

なんだかよくわからない人だったが不思議な安心感に引き込まれ、ずいぶん遅くまで話し込んだ。ひさしぶりに男の人に興味を持っているなあ、と他人事《ひとごと》のように感じていたけど、だからどうしようということもなかった。べつに何も変わらなくてよかった。

が、しかしTさんのほうではそうは思わなかったようである。Tさんの残業帰りに待ち合わせて軽く飲んだ帰り道で突然Tさんから告白された。

いや、突然ということはないか。たしかにそうなってもおかしくないくらいに親しくなっていたし、こんなふうに何回か飲みに行ったりしていた。

「付き合ってください」

「……あの、付き合うってどういうことですか？」

「あれ？」

Tさんはちょっと困りながら次の言葉を探した。

「あ、あんまりちゃんと考えてませんでした、すいません、いい雰囲気なのかなー、と思ってたの僕だけで、そういう感じじゃなかったですか？」

「いや、違うんです。いい雰囲気？　いい雰囲気ですよ！　多分！　いっしょにいると楽しいし、また会いたいなー、って思います。でも私、そういうことがあまりよくわからなくなってしまっていて」

「僕はもともとよくわかってないです、こういう経験があまりなくて……。なんか的外れなことしちゃってるみたいだったらすみません」

「いや、それは合ってる気がするんですが！　何かこう……1対1っていう約束をするということですか？　私、そういうことが苦手かもしれないです。契約みたいなことをすることが」

「うーん、よくわかんないけど、花田さんが嫌だって思うんだったらやめときましょう」

「お？」

そう簡単に引き下がられると、あ、ちょっと待って、と思う。なんなんだ自分。我ながら面倒だ。

「あの、Ｔさん、そこまで考えてないかもですけど、前も話したように、あんまり結婚とかしたいと思ってなくて。だから再婚したいって考えてるんだったら、じゃまになっちゃうので申し訳ないです。あと、Ｔさんが他の女の人と仲良くすることを制限したりするのも嫌なんです。だからＴさんが考える、付き合う、って、どういう意味のことですか？」

「あんまり難しいこと考えてないです。結婚は、今のところ僕もべつにしなくていいかなって感じです。っていうか基本的に無理だろ、って思うし。子ども2人もいて……。今日みたいに仕事の帰りにちょっと飲んだり、ときどき家に遊びに行かせてもらったり、そういうのが当たり前のことみたいに続いたらなあ、っていうだけです」

「それだけでいいんですか？　じゃあ付き合うってことでいいと思います」

「ほんとですか？　やったー」

こうして、Tさん、あらため〈トン〉と付き合うことになった。

しかし、付き合うといっても、私は土日は基本的に朝から夜まで仕事だし、平日はトンが仕事だ。そして仮に私が土日に休みを取ったとしてもトンは土日はいつも子どもと過ごしているらしいので、今までどおりたまに残業の日に夜遅くから会うか、子どもたちが寝た後に近所の居酒屋か私の家で会うくらいしかない。

トンには週1くらいで残業の日があり、その日は仲良くしている近所のおばあちゃんが夕飯や寝かしつけの面倒を見てくれているので、1週間のうち、その夜だけが自分の時間だという。下の子はまだ寝かしつけが必要で、ひとりでは寝られないらしい。改めて、ひとりで育てるってほんとうに大変だなあ、と思う。

同時にかつての交際相手たちとの自由なデートやら旅行やらが思い出され、あんまり自由がきかないって正直つまんないな、早く子どもが手が離れればいいのにな、とさっそく思ったりもしていた。

未知との遭遇

そんなある日、仕事から帰ると家の電気が止められていた。支払いを忘れていたらしい。トンに連絡して、夜中2人でトンの家の近くの銭湯に行った。そのあと近くの居酒屋で軽く飲んで、さてそろそろ帰ろうか、と言うと、どうしてもちょっとだけ家に寄って行ってほしいと言われ、何度断っても引き下がらない。

「ちょっとだけ、ちょっとだけだから！」

「電気の止まってる家に帰るのは心配だから！」

「うちの猫がとにかくかわいいから！」

「一杯飲んだら帰っていいから！」

悪質な客引きのような勧誘だ。仕方ないのでついていくと今度は今日だけは泊まっていってほしいという。

「子どもがいる家でそういうことはできないよ」

「いや、わかってる、そういうんじゃなくてね」

「だいたい寝るところがないでしょ。どこで寝るの？　ソファも2人で寝るっていうには狭そうだし」

「あっちに2段ベッドがあって、子どもたちを両方上の段に載せるから下の段で2人で寝ようよ」

「は？　無理だよ。子どもたちと会うわけにはいかないし。帰るよ」

「待って！　待って！　ほら、歯ブラシ、お客さん用のあった」

「いや、歯ブラシはわかったけど」

と、この押し問答が若干面倒になってきたのと眠くなってきたので、もうなんだかわからないけど、いいか、という気持ちになってきた。

寝室に入ると2人の男の子が寝ていた。子ども。生《なま》の子ども。そんなもの、見たことはいくらでもあるのに、はじめて見る生きもののように生々しかった。タオルケットから腕が出ている。ほっぺたがつるつる。うぶ毛が生えてる。

とりあえず「かわいいね」と言ってみたが、実際のところはよくわからなかった。

そして何十年かぶりに2段ベッドで寝た。大人2人では少し狭くて、慣れない場所ということもあってずっと眠りが浅かった。うとうとしているうちに明るくなり、上段から人が起きるような気配がした。あ、しまった。子どもが起きる前に帰ろうと思ってたのに。と思うのと同時に、物音に気づいたトンが先回りしてベッドから出た。上のほうで話している。

「おはよ、今日さ、お客さん来てるんだよ」

「は？　誰」

「花田さん」

「だから誰」

　子どもの足がはしごから降りて来て、ベッドの下段、すなわち私がいるところを覗き込む。起きてる姿を見るのははじめてだ。こんなファーストコンタクトってどうなのだろうかと思いつつ、寝たままの状態で、とりあえず、

「あ、どうも……おはようございます」と挨拶する。

「……？」

　どういうこと？　という目でトンを見ている。

「ほら、挨拶しなさいよ」

「……？」

　いや、絶句する子どもの対応のほうが正しいと思う、さすがに、と思っていると、もうひとりも起きて来て、

「なになに？」としゃべりだした。

「お客さん」

「はっ？　はっ？」

「花田さんです。家の電気が止められちゃって困ってるから泊めてあげたの」

「あ、花田です、おじゃましてます……」

もうひとりの子も何がなんだかわからない、という様子で私を見たりトンを見たりしている。

「こっちが下の子でマルね。で、さっきのがミナト」

「マルちゃん……はじめまして」

「……？」

無理もない。

そのまま帰る準備を手短にととのえ、リビングにいる2人にもう一度声をかけた。

「おじゃましましたー……」

上の子は私が視界に入っているような入っていないような、無視しているわけではないがたまたま聞こえなかった、という反応を全力でしていた。下の子は近所の駅前に現れたゴジラを見るような目でひたすらこちらを凝視していた。


家を飛び出してからも、しばらくあの子たちのことを考えていた。トンに流されてなんとなく泊まってしまったが、もしかしたら子どもたちにとんでもないことをしてしまったのではないか。嫌な気持ちにさせてしまったのではないか。

2人にとって、自分の父親に「彼女」がいるってどういうことなんだろうか。11歳と8歳がどういうものかはわからないけど、父親を取られるような気がして嫌なんじゃないか。あるいは調和している家族のじゃまをするもの。もしくは母親に対する裏切り行為のように感じたりとか。

とにかく彼らをおびやかしたくはない。

あの子たちは、どんな生きものなんだろう。何を考えて、どう生きているのだろうか。けれど、あの2人がどんな生きものなのかをまったく想像することができない。まるで宇宙人みたいで、仲良くなろうにも何の手がかりもない。

仲良くなれるのかな。仲良くなれたら、楽しいだろうな。みんなでどこか行ったりして。なんかそれ家族みたいじゃん。って、そんなことをしていいのだろうか？ それって、「お母さん」になる覚悟もない人が迂《う》闊《かつ》にやっていいことなのかな。いや、なんで突然「お母さんになる覚悟」をおのれに問う展開になってるんだ。今の時点で、べつにそれ誰も求めてないか。でも、でも、親とも子とも仲良くなっていったら、いずれはその話につながるよね？

この問題は、多くのひとり親、その子ども、その人と交際しようとする人や結婚しようという人にとって決して些末ではない問題のはずだ。親の恋愛と子どもの気持ちとみんなの生活のこと。

どういう心がまえでいればいいものなのか、基本がまったくわからない。巷《ちまた》に流布《るふ》する「恋愛テク」みたいに「血のつながらない子どもテク」がどこかにあるのか。いや、「サラダ取り分ける」みたいなクソダサいテクの子どもバージョンを子どもにやって、媚びて好かれようとしても仕方ないのだが、とにかく情報がなさすぎる。

『すぐわかる！　はじめてシングルファーザーと付き合う人の心がまえ』みたいな本があるのか？　ダメ元でためしにアマゾンの本のページで検索してみたが、驚くほど何も出てこない。

「シングルファーザー　交際」ではゼロ。

そもそも「シングルファーザー」でも、子連れ離婚や片親の本がわずかにヒットするのみ。

本の世界は、自分が知らないだけであらゆるジャンルが網羅されているのでは、と思っていたのだけど、そうでもないらしい。

検索ワードが違うのかな？

恋愛しかり仕事しかり人間関係しかり、迷ったらすぐにその手の本を片っ端から読み漁り、ケーススタディーの知識量をとにかく増やすことでだいたいの全体像を把握して生きてきた自分としては、途方にくれてしまう。

シングルマザーの本はわりと多く出ているし、そもそも子連れ離婚&再婚は増えているはずだけど、やはり母親が子どもを連れて行くパターンが一般的なんだろう。

自分としては、血のつながらない子どもに接するときの心がまえとかをシンプルに知りたいだけなのに……。ツイッターなどに断片的な情報はあるものの、基本的には自分で道を切り拓いていくしかないようだった。

※のちに、「ステップファミリー」という単語が、若干自分の知りたいことやニーズに合っていることを知る。しかし、それもほとんどのケースで、再婚し、同居し、新しい父母になることが前提だ。

第2章

夢のような本屋ではたらく

小さな「街の本屋」の店長になった

不思議な縁で、本屋の店長をやってくれる人を探しているというオーナーと出会い、ここに移ることを決めたのは、まだ店が入るはずの建物の輪郭すらない頃だった。「ここがその場所です」と案内されたのは、何の変哲もないコインパーキングで、あまりにも想像がつかなくて、思わずタヌキに化かされる昔話を思い出してしまったほどだ。

お店の名前は「パン屋の本屋」。名前どおり、この土地にパン屋と本屋を作るのだという。本屋部分は約10坪で、子育てをしている近所の親子のためのお店にしたいらしい。あまりに面白そうすぎて、勢いあまって話をきいたその場で入社の約束をした。

ちょうどその頃、本屋業界界隈では、京都で元恵文社一乗寺店の堀部さんが誠光社という個人書店をオープンさせ、東京では元リブロの辻山さんがTitle《タイトル》というやはり個人書店をオープンさせ、どちらも見せかけではなく真のかっこよさをたずさえてずしりと輝き、本屋好きを魅了していた。

大いなるミーハー心ではあるが、自分も資金ゼロのくせにその「いまどきの、街の本屋」の一端に加われるようでほくほくした。

時は経ち、オープンまで1か月。

天井のライトはまだ電気工事が終わっていないために点《っ》かず、仮にぶらさげられた裸電球の下で、空っぽの本棚に囲まれて、そこでひとりで朝から夜まで、本の発注を淡々とし続けた。オーナーが夢見る、小さな子どもとお母さんが日の光の中でゆっくり本を選べる店。その緻密な設計図を、一冊一冊を選んで補強していく。自分の小さな脳が弧を描いてこの大きな棚とつながっていくようだ。

店の道路側には大きな窓があり、通る人たちが不思議そうな顔をして中を覗きながら通り過ぎた。

そして本の搬入日。トラックから段ボール箱が次々と運び込まれ、今まで空っぽだった本棚に、ものの数時間であっという間に本が並んだ。予定の半分くらいしかまだ届いていないけど、それでもこの四方を本に囲まれて、表紙が見えるようにディスプレイした「面陳」と背表紙が見えている「差し」がバランスよく配置されて、雑誌のラックがあるこの空間は、間違いなく本屋だった。急に本屋になった。そうなった瞬間に、今まで黙って眺めながら通り過ぎていた人たちが急に窓越しに大きな声で話しかけてくるようになった。ガラスが分厚くて何を言っているのか聞こえなかったので、そのたびに外へ出て「本屋になるんです、12月1日オープンです、よろしくお願いします」と挨拶させてもらった。「楽しみにしてるね」「近所の人たちに言っておくよ」「オープンの日にまた来るね」と、みんな温かい言葉をかけてくれた。本屋が歓迎されていることを肌で感じて、幸せな気分でいっぱいになって店の中へいそいそと戻った。

しかし悲しいかな、そんな浮かれ気分は長くは続かないのがお約束だ。

オープンの日まで、毎日のように本が入荷して、それを箱から出して並べて、場所を変えて、さらに追加で発注する。どんどん売り場ができていくし、オーナーも棚の様子を気に入ってくれて、まずはひと安心だった。

けれど夜遅く家に帰って、布団に入って横になると、不安が胸の中にもやもやと広がってきて、いつも涙が止まらなくなる。

すごく具体的に心配事があるわけじゃない。出版社の人や書店員の友人の誰もが「楽しみですね」「楽しみにしてます」と声をかけてくれるけど、誰も「不安でしょ？」とは言ってくれない。わかってる。希望に満ち溢れた店のオープン前にそんな声がけをする人はいない。

「孤独だ！」と叫びたい。でも応援してくれている人がたくさんいるのだから、そんなことを言う権利はない気がした。

なぜか突然ひとりで本屋をやらせてもらえることになったけど、私にはほんとうはそんな実力はない。知識も、センスも、売り場づくりの技術も、何にもないのだ。何か人に比べて誇れるものなんてあっただろうか。何もない。ほんとうに何もないのだ。それなのに「できます」なんて顔をしていたらまさか通って、やることになってしまった。どうなってしまうのだろう。

知識があればいい店ができるというわけではないことは知っている。ヴィレッジヴァンガードにいたときも、最初は自分の知識のなさが不安だったけど、自然と解消されていくものだった。それに、知識がたくさんあるはずのベテラン店長より、何も知らないような入社2年目の若いバイトがいい売り場を作って、軽々と上を凌駕していく様子を何十回も目にしていた。それは知っているのだが、でも。

ついにオープンの日、朝。目がさめても涙がこぼれた。いつものように腫れぼったい目で、自転車を漕ぎながら店に向かう。いろんな人のいろんな言葉が頭の中を飛び交っていた。その言葉を聞くでもなく聞きながら、

「まあ、冷蔵庫に豚肉しか入ってないのに、フォアグラのせのステーキなんか作れるわけがないし……ダサくても、ダサいなりに、ありもので自分がやれるベストをやるしかないのだよな……。それでダサいとかつまんないって言われたらそれは事実として受け止める

し。それに今日が結果発表じゃない。ここから、今日からもっとよくなればいいだけだもんな」

と、突然にあきらめがついた。自分がたいしたものじゃないことを受け入れてしまえばよかったのかも。それだけのことだったのだ。なんだか急にすっきりした気持ちで店に到着した。

時間になってガラス戸を開けるとたくさんのお客さんが次々と入ってきた。そしてさっそく、

「こんな本を探してるんだけど」とか「○○って雑誌をこれから入るようにしてもらえない？」とか話しかけてくれる。

その対応をしている間にもお客さんがどんどんレジに本を持ってきてくれて、釣り銭に用意していた千円札が足りなくなってしまったほどだった。小さな子がベタに「買って買って」と駄々をこねて母親の手をひっぱっている横で、80歳くらいのおばあちゃんがもうずっと『世界でいちばん美しい昆虫図鑑』を立ち読みしている。

お世話になっている人たちも次々と駆けつけてくれて、「すごくいいね」「これ、夢の本屋だね」と声をかけてくれて、自分のことのようにこの光景をいっしょに喜んでくれた。

何人ものお客さんが言ってくれたのが、

「この街には今まで本屋がなくてほんとうに不便だった。だからこんな店ができてうれしい」

という言葉だった。こんなに歓迎されることなのか。すごいよ。街の本屋、切望されてるじゃん。よかった、ほんとうによかった。

そう思ったら、今朝考えてたあれ、何だったたっけ……あの中学生みたいなやつ……。と、一生懸命思い出そうとしたけど、もう思い出せなかった。今の自分と、もう嚙み合わなかった。

「店に立つことが好きなんだなあ、やっぱり」

それはすごくひさしぶりに、自分の心に自分の魂が戻ってきたような懐かしさだった。床の上に投げ出されてぴちぴち跳ねている金魚を水槽の中に戻したら、金魚は何の喜びも驚きもなく、スーと当たり前に普通に泳ぎだすだろう。まさにそんな感触で、やっと自分の空《から》の水槽に水を注いでもらったような気がした。

「あ、そうそう、わたし水の中の生きものだったんだ、そういえば」と泳ぎながら思った。

そんなふうにして、この店と私はここに居るようになった。

金色の西日が差す店で

お客さんがいる時間も、お客さんがいない時間もどちらもいいものだ。店は一日のうちにいろんな顔になる。たくさんの親子が来店して賑やかなとき。何人かのお客さんが静かに過ごしているとき。1対1でお客さんと話しているとき。

その中でも特別に好きな時間がある。子どもがひとりで店にやってきて、熱心に立ち読みを始めて、完全に自分の世界に入っているときだ。そんなときは、なるべく邪魔をしたくないので、電話をしたりバタバタした作業をしたりはしない。できる限り、自分もカウンターの中のスツールに腰かけて本を読む。10坪のスペースは全体に目が行き届くし、お互いに気配を感じる広さだ。知らない人だけど、子どもだけど、そんなふうに同じように読書をしている人を視界の端に感じながら本に没頭する時間はいいものだ。自分がそういうときになるべく本を読むようにしているのは、「あなたのことを気にしていないよ、立ち読みをやめて出ていってほしいなんて少しも思っていないよ」というメッセージのつもりもある。

子どもは思った以上に臆病で、知らない大人の意向や視線を気にする。場合によっては「上のほうにある本が取れなかったら言ってね」と声をかけるだけでびっくりして帰ってしまうこともある。とてもナイーブな存在なのだ。相手が萎縮しないように受容しないとならない。

本が好きな親子のお客さんの会話を盗み聞きできるのも、この小さな店の店長の特権だった。そんなお客さんたちの会話は、言葉のはしばしがきらめいていて、理想の関係だった。よく教育関係の本に書いているようなことだけど、そんな大人は子どもが選ぶ本を決して否定しない。アニメ漫画の本だったり赤ちゃん向けの本でも「へえ、どんな本？　面白そうだね」「わあ、かわいいねえ」「ああ、これ保育園にあった本だね、好きだったよね」と声をかけて、興味を持ってあげている。そしてそういう親御さんは自分用の本も買っていくことが多い。

本好きの親に育てられた本好きの子どもは、私からみればうらやましいかぎりだけど、そうでない子どもにも平等に窓が開かれているのが本のよいところでもあると思う。

私はそういう意味では「本好きの親に育てられる生粋の本読みエリート」ではなかったが、子どもの頃は両親が大量に絵本を与えてくれていたし、読み聞かせもずいぶんしてくれた。「せいめいのれきし」や「はじめてのおつかい」「だるまちゃんとてんぐちゃん」などは当時大好きだった絵本だが、大人になって再会するまでは存在すら忘れていた。けれどその表紙に出会った瞬間に、すべてが噴き出すように記憶が蘇った。ページをめくるとどのイラストも、セリフも、鮮やかに思い出せるのが驚きだった。でもそんな体験をしている大人は多いのではないか。一度記憶した絵本のページは、今も開くたびに子ども時代の幸せな記憶を蘇らせてくれるから、同じ宝物を子どもにも渡したいと思う人が多いのだろう。

「子ども」に接客をする日々は、とても新鮮なものだった。

今までの書店員人生では、絵本について特に集中して勉強したことがなかったので、絵本に詳しくなるため、空いた時間に絵本雑誌をすみずみまで読んだり、閉店後に大きな本屋の絵本コーナーに通って、たくさんの絵本に目を通した。

子どもの頃に知らなかった本で、特に印象に残った絵本との出会いがいくつかあった。

そのうちの一冊は、だいぶ昔の絵本。『やっぱりおおかみ』という佐々木マキさんの絵本だ。村上春樹の本の挿絵などを描いている人なので名前だけは知っていたが、絵本の作品はきちんと読んだことがなかった。ひとりぼっちのおおかみが町をさまよい、友達がほしくて自分に似た子を探すのだがどこにもいないし、怖がられて逃げられてしまう。家族のだんらんの様子を窓の外からのぞき、「け」と悪態をつくが心の中はさびしさでいっぱいだ。夜になり、行く場所のないおおかみは墓地で野宿する。おばけたちが集まってきておおかみを見つめている。仲間でも敵でもない、不思議なやさしさの眼差し。夜が明けて、おおかみはひとりで生きていく決断をするのだが、もうそこに悲しさはなく、愉快さがおおかみの心を満たしている……。

子ども向けの本としてはびっくりするような結末なのに、独特の明るさと美しさがあった。大人になってからこんな素敵な本に出会えるなんて。絵本も詳しくなると日ごとに魅力がわかるようになって楽しい。「大人向け絵本」なんて、もはや手垢のつきまくった言葉でもあるが、しかし実際に名作といわれる絵本には大人を魅了する強度があることを、この店での仕事を通して知ることができた。

そしてそれを次の日からお客さんにどんどん紹介していいとはなんてありがたすぎる仕事だろう。

たとえば10歳くらいの男の子。ひとりで長く棚の前で過ごしたあと、椰月《やづき》美智子《みちこ》の『しずかな日々』のジュニア文庫版をレジに持って来てくれる。好きな本なので思わず「私もこの本が好きなのでうれしいです」と伝えると「僕は長い話のほうが好きなんです」という返事。会話ができたことにうれしさを感じつつ、帰ってからあれはどういう意味だったのだろうと反芻《はんすう》する。でも私と大人同士のように会話しようとしてくれたのだろう、ということと、おそらくは学校では「そんな長い話の本を読むなんて」とちょっと浮いていたり、あるいはみんなから尊敬されていたりするのかもしれない。嚙み合っていない会話のようで、でも何か自分の言葉で答えてくれたということがうれしかった。

子どもらしい騒ぎもある。

「心理テストの本はありますか？」と聞いてきて問題を出し合っていた女子小学生2人が「はい、次お姉さんが答える番」と突然巻き込んできたり、7人くらいの女の子が一斉にやってきて、全員で座り読みを始めたので、「なぜ」と思ったのだがその姿があまりにかわいくて、「写真撮ってもいい？」と聞いて1枚だけ撮らせてもらったり。一方で無言で店に入り、所定の位置で立ち読みし、一定時間が経つと突然何かに突き動かされるように店を出て行く野武士のようなクールな小学生の常連もいるし、本好きでお母さんといっしょに来る子は、大人のように最近読んだ本について聞かせてくれたりもする。

もちろん面白いのは子どもだけではない。大人のお客さんとも、だんだんと仲が深まっていった。出会い系をしていたときの、短い時間でぱっと仲良くなる関係性も好きだったけど、何度も顔を見て、少しずつやりとりが深まっていく関係性は、またそれとは違った形に育っていく。

レジにいると、「こんなところに本屋があったんですね」あるいは「ここにある本は誰が選んでいるんですか？」「面白い品揃えですね」などと、会話を始めてくださる方が多かった。

私が不思議だったのは、なぜ彼らはこんなにも自分の話をしてくれるのだろうか、ということだった。

私はそれまで自分が「店の人に話しかける」ということをほとんどしたことがなかったので、彼らの自然さや、礼儀正しくも親しみのある態度に驚いたし、単純にうれしかった。会話するって、アリだったのか。

そう気づいてからは、自分からも、棚を長く見てくださっているお客さんや、何か買ってくれるお客さんには「今日は暖かくなりましたね」とか「この本いいですよね」とか、そんなことでも一言付け加えるようにしていた。これは会話をしたくない人には「ええ」「まあ」という返答で済ませられる内容だから、そういう返答の人にはそれ以上話し続けることはしないし、逆に会話をしたい人は「また週末は雨らしいですよ」とか、「知らない本でしたけど手にとって見たら面白そうで」とか答えてくれるのがポイントだ。しかし、そのような話しかけ方をすると不思議なことに、その話しかけについての返答ではなく、自分の話したいことを話し始めるお客さんがけっこうな割合でいるのだった。

「今日は、実は埼玉から来たんです」

「僕は子どもの頃、絵本ってほとんど買ってもらえなくて」

「最近まで入院してたんですよ」

みな、唐突すぎる。だが、こういう展開は正直言って大好きなものだった。

なにか、まあこの人にならちょっと話してみようか、と思う空間・時間であることができたのだろう。なので私も驚くようなそぶりは一切見せずに、極めて普通に「ああ、そうでしたか」と話をつなげる。その先に聞ける話は、どんな話でも面白い。私の知らない世界がどんどん湧き出てくる。

それに、そんなふうに話を聞かせてくれたお客さんは、次からはちょっと慣れた表情でお店に入って来てくれるようになった。

かくして、お客さんがやたらと話し込む本屋に仕上がっていった。友達じゃないし、仕事相手でもない。店員と客、なのだが、その呼び名もちょっとなじまない。何とも名付けられない関係に思えた。

そういう人が増えると、どのお客さんが前回どんな本を買ったか、どんな話をしていたかを覚えておく必要がある、と思い、ノートにメモを取っておくことにした。会話をした人のことは、なるべく全員メモする。名前がわからない人はとりあえずイメージで仮の苗字を当てはめていく。取り寄せの注文をもらうときにはじめて名前を知って、「全然違った！」と脳内で答え合わせするのも地味に楽しかった。話す人がどんどん増えて、メモはメモというよりはもはや長文の日記になっていた。

顔なじみの人が店に現れるというのは、今までに体験したことのない感情だった。安心するような、心を許せるような、それだけでいいことがあったような、そんな気持ちになれる。話し込むこともあれば二、三言かわして本を買って帰っていくだけのこともあるけど、そんなつながりが心をちょっとだけ明るく灯してくれるようだった。

こんな人間関係がずっとこの街で続いていくのだろうか。それはすごいことだと思った。オーナーは「いつまででもいてくれていいんだよ。30年とか」と言ってくれていた。そんな人生があるのか。それはきっと今まで見てきた景色と全然違うだろう。まるで絵本の『おおきな木』みたいでもある。木はずっと動かずに、そこに集まる人たちの成長や変化をただ見届ける。

子どもたちが大きくなったり、かつて子どもだったお客さんに子どもが生まれたりもするのだろう。あるいは、話にはときどき聞くが、常連さんの死を、取り寄せの注文や定期購読を買いに来なくなったことから知ってしまったりするのだろう。そんな「街の本屋」として一生を終える――。私は70歳になったとき、どんな本棚を作っているのだろう。それはきっと「私」ではなく、この街の人たちによって作られた本棚とも言えるのだろう。そ街で本屋の生き字引みたいになっているのか。「この本屋ができた頃は、この辺にもマンションがいっぱいあって、子育てをしているお母さんたちがたくさん来てくれていたんじゃよ」とか老人口調で言ってたりして。その頃この辺りがどうなってるのか想像もできないけど。そんな人生もありかもしれないな。

この店が私の終着点。この街で、この街の人たちといっしょに生きていく。

そんな人生を想像してみたりもした。

リベンジのはじまり

「今日晩ごはん作ったんだけど、よかったら食べに来てよ」

ある日、トンからそんな誘いがきた。

トンの家は職場から自転車で15分ほどのところにある。断ろうと思えばもちろん断れたのだが、なんとなく子どもたちともシラフ（？）でもう1回会ったほうがいいのではないかと思い、再びトンの家に足を踏み入れた。

「こんばんは……」

2人ともこの前とまったく同じ反応だった。構えて緊張しているのがしびれるほど伝わった。けれどそんなのは私だって同じ気持ちだ。慣れてくれれば普通になるのかな、慣れるなんてことあるのかな、と思いつつ、なんでもないように出されたごはんを食べることにする。マルちゃんがまたじっと凝視してくるので、こういうときにオバチャン、もしくは幼稚園の先生感丸出しで「ん〜？　なあに？　どうしたのかな〜？」とか言うと距離が開いてしまう気がしたのでそのような反応をするのはためらわれた。なにか……なにかこう、面白い人でなければ。必死で考えたあげくに白目で見つめ返す（見えてないけど）ことにした。

「んふっ……こわっ！」

ウケている。はあ。よかった。笑わせ返そうと一生懸命変顔をしてくれているのでそれに反応して笑いつつ、さらにこちらも白目に戻してちょっとだけ薄ら笑いを浮かべるようにする。

「怖い怖い怖い！」

いつでも白目ができる技術、何かの役に立つ日が来るとは思ってもみなかったが、まさかこんなところに使い道があったとは。助かる。

こういう感じかあ。なるほど。よし、この方向性でなんとかがんばってみよう。とにかくオバチャンがやりがちな「猫なで声話しかけ戦法」は絶対に禁止だ。なるべくクールにフラットにいこう。他にもおそらく「学校楽しい？」「学校ではいま何が流行ってるの〜？」みたいなつまらない質問もダメな気がする。いわゆる「つまらん大人」に区分されることは避けなければならない。

壮大な実験が、こうして始まった。

それからも彼らが学校が休みの前の日に、家に遊びに行くことにした。いっしょに夜ごはんを食べて、彼らが休前日に起きていてもいいと決められている夜23時半までボードゲームやトランプをしたりして遊ぶ、というルーティンが何となくできていった。

11歳と8歳の生活は、私の予想や想像に反することばかりで、いつも驚かされた。まず、彼らはいつもタブレットをさわってゲームをしていた。それに夢中なのだとしたら邪魔しては悪い、と思って遠慮していたが、どうもゲームは暇つぶしで仕方なくやっている時間が多々あり、トンが声をかけると名残惜しそうでもなくすぐにやめることも多い。我々の、ツイッターを見るでもなく見ているときと同じ感覚なのかもしれない。

ゲーム以外には好きなことがあまりなさそうで、なんだかかわいそうに感じる。これは勝手な思い込みだろうか。ゲームをすることとYouTubeで動画を見ること、たまにテレビを見ることで彼らのプライベートは構成されているようだ。

あと、全然ごはんを食べない。小学生男子といえば、ハンバーグ！　トンカツ！　ステーキ！　みたいな感じかと思っていたけど、食べることにはほとんど興味がないらしい。まあ、ごはんが嫌でもお菓子なら食べるのだろう、と思いきや、ミナトにいたってはチョコが食べられないらしい。お菓子をあげれば食いついてもらえるのではないか、という期待（？）は早々に裏切られた。マルちゃんはお菓子に興味がないこともないけど、チョコはやっぱり好きじゃないみたいだし、スナック菓子もほとんど食べなくて、じゃあ何が好きなのかというと、つぶグミかポイフルの2択なのだ。それ以外は一切認められていないようだ。「こんなのどうかな」と言って果汁グミやＨＡＲＩＢＯを買っていってもまったく興味を持たない。保守派？

また、2人とも炭酸のジュースは狂ったように好きで、逆に炭酸の入ってないドリンクはそれだけでものすごく地位が低いようだし、お茶はまったく飲めないらしい。

最初はほぼ同じ生きものに見えていた2人だったが、慣れて見分けがつくようになってくると2人の個性はむしろ真逆だった。

5年生のミナトはシャイで、自分から話しかけてくれることはほとんどないけど、頭が良くて話すことも大人っぽくて、徐々にだけど普通に会話をしてくれるようになった。というか、ゲームというものがあると会話が生まれざるを得ないので、そのおかげで自然に話せる感じがしている。ゲームってすごいね、ゲームありがとう、と思う。そもそもゲームの強さは大人とほとんど変わらないし、大人と話すように話せる。

それに対してマルちゃんは感情豊かで明るくて、こちらが緊張してしまっているときでもあれこれ話しかけたりしてくれるのだけど、ゲームで負けたとき、自分の思い通りにならないとき、すぐに癇癪《かんしゃく》を起こして泣いて暴れる。こういうのって3、4歳の行動ではなくて小学生でもするものなのか。知らなかった。マルちゃんがそういう状態になるたびに楽しい雰囲気だった時間は中断されざるを得なかった。なので、楽しくゲームをしているつもりがマルちゃんが泣き喚《わめ》いてなんとなくフェイドアウト、みたいになるのが常だった。

それだけならまだしも、その様子に呆れたミナトの「マルまじでうぜえわ」と挑発するような一言に反応して、マルちゃんが泣きながらミナトを殴る、蹴る。ミナトも最初はマルちゃんの暴力に対して「はあ〜？　こいつ馬鹿じゃないの？」みたいな感じでスルーしているのだが、マルちゃんがやめないので最終的に倍の力で殴り返すことになって、かなり強い力で殴り合う展開になる。そういうものをあまり間近で見たことがなかったので「こんなに強い力で躊躇《ちゅうちょ》なく殴り合って骨折れたりしないのかな？」とハラハラしたが、トンも放置している。これが日常のようだ。

エスカレートしきったところでトンが「いい加減にしろ」と止め、２人とも消化不良の険悪なムードだけが残る。引き際がわからなくなったマルちゃんが「どうせ俺なんか死ねばいいんでしょ」「も、いいわ、今から外行って車に引かれてくるから」と言って微妙に出て行こうとしたり、それを微妙に止めたり、というのが何回も繰り返されるのである。子どもってこんな感じ？　どこの家でも？

しかし、良くも悪くも私にはこの２人以外のサンプルがない。この２人がめちゃ平均的だったとしても、そうでなかったとしても、だからといって何か変わるわけでもない。

この２人をどう理解し、どう関係を築き上げていくかということだけが私の問題だ。

しかしそんな理想論を前に、とにかくいっしょにいることが果てしなく疲れた。

２人の騒ぎというかパワーに疲れる、というのももちろんだったが、たとえば部屋中がガンプラとかドラゴンボールのフィギュアとかにあふれ、そこらじゅうに学校からのプリントやお菓子のごみやバトルゲーム用のカードが散らかっていることや、食器がすべて１００円ショップのプラスチックのものや子ども向けの把手《とって》のついたカップばかりだったりするのも地味につらかった。

自分だってべつにそれほどセンスがあったり、こだわったものを使っているわけではないが、逆に１００円ショップの食器を使うことが自分にとってストレスなのだということを生まれてはじめて知り、そのこともショックだった。なんという心の狭いシャレオツ気取り人間。しかし自由なひとり暮らしが長いとそうなってしまうのかもしれない。

ここ数年のライフスタイルのブームとも言える「私らしい、ていねいな暮らし。」にはとんでもない副作用もあるのだ。台湾旅行中に買ったアンティークの鳥籠をランプシェードにリメイクしたりしてうっとりしていたあの頃（つい最近）からはずいぶん遠くに来てしまったようで、途方に暮れた。

寝ついた2人を確認してから、そっと家を出る。家まで送ってくれるというトンと2人、しんとした深夜の住宅街をのろのろと自転車で走る。

「ほんとにごめんね、あんな感じで……。疲れたでしょう？」

「いや、大丈夫だよ～（棒）」

「……大変だね、ずっといっしょにいるのは」

「子ども、かわいいんだけどね、かわいいだけじゃないよね」

「そうだね……大変なのはまあいいんだけど、それが全部だとつらくて、だから菜々子さんといられる時間は育児からも離れられて、ほんとうに幸せ感じるなあ」

「……」

「今日はありがとうね、子どもたちと遊んでくれて」

「うん……また、来れるとき来るね、来週はちょっとまだ予定わからないけど」

「そうだね、忙しいときは無理しないで」

予定なんて何もなかったが、来週もまた来る、とはとても言えなかった。

第3章

仕事も家庭（？）もけものみち

謎の生きもの観察日記

しかしながら、すべてにおいてためらいがちだった私の心に、あるひとつの、はっきりとした願望が芽生えていた。

「子どもたちと仲良くなりたい」

思えばトンと付き合うようになってから、まだそんなに時間が経ったわけではない。本来ならばもっとラブラブでトンのことばかり考えている……という状態になってもよいところを、トンのことを考える代わりに、私はどうも子どもたちのことばかり考えている。

彼らにまた会いたかったし、どうやったらもっと仲良くなれるのかをいつも思案していた。子どもとあまり関わらない、という選択肢だってあるはずなのに、どうしてそんなふうに思うのだろう？

トンに好かれるため？　↓そういうことではない。

トンと少しでも長く過ごしたいから？　↓少しはある。

母親として子どもたちに認められたいから？　↓ないと思うけど。

結婚したいのですか？　↓よくわかんなくなってきた。

子どもという未知な生きものが面白いから？　↓それかな？


「子どもは欲しくないし、子どものいない人生になるのだろうな」と思っていたのにまさかこういうパターンがあったかあ、と他人《ひと》事《ごと》のように思う。けれど実際のところ、巻き込まれているのではなく、自分から好きで首を突っ込んでいるともいえるのだろう。このなんだかよくわからない状況の圧倒的な面白さだけが自分を突き動かしている。見たことのない景色、望んでは見ることのない景色。全貌をつかむことのできない「子ども」という生きものへの尽きない興味が、熱のように身体の中にこもっている。


でも、それを「旅」のように楽しんでいることはあまりにも身勝手で、「彼ら3人を傷つけることになるんじゃないか？」と罪悪感のような気持ちが絶えず押し寄せてくるのも確かだ。

仲良くなりすぎたらよくないんじゃないか？　引き返せるの？

いつか引き返すことになるのが前提なら、裏切りなんじゃないか？

私は「お母さん」になるべきなの?

そんなふうに常にぐだぐだ悩み続けてしまう自分も嫌だった。もっと明るく爽やかに生きていたいのに。

ただ、ひとつアドバンテージと思えるものがあって、それは、私はずっと昔から「血のつながり」というものにまったく興味がなかった。いや、そこにこだわる人がかなり多いらしい、ということは頭ではわかるのだが、自分の感覚のピンと来てなさゆえに子の取り違えが発覚することで悩む「そして父になる」(是枝裕和監督)の心情がまったく理解できなかったほどだ。これは「ラッキー」な特性なんじゃないか。

10代の頃から好きな小説のひとつに江國香織《えくにかおり》の『落下する夕方』という本がある。その中の華子《はなこ》という登場人物は、自分が憧れる生き方のひとつの像だ。無責任でわがままで不思議ちゃん。風来坊でまわりに迷惑をかけまくるけど、消えてしまいそうなあやうさがあって、小学生の男子にさえモテている。華子は人に説教したり何かを押し付けたりご機嫌を取ろうとしたりはしないだろう。華子だったら、この2人にどう接するだろう、と考える。私もそんなふうでありたい、と華子をひとまず心の中でモデルにしてみる。

ただ、作中の華子は結局すべてから逃げて逃げて、逃げきれずに最後は自殺してしまうのだが。

*

○月○日

　また彼らの家に遊びに行く。いつもどおりごはんをいっしょに食べて、そのあと4人でマリオカートをした。前よりもちょっと仲良くなれた気がする。その後、マルちゃんがお気に入りの動画を見せてくれた。怪談もののようだ。

「どう？　面白い？」と聞かれて「うん」と答えたがそのリアクションの薄さが気に入らなかったようで「もういいよ！」と怒られた。これからはもっと大げさにリアクションしよう。

　でも何かを見せてくれたりするっていうのはいいな。

○月○日

　みんなで近所の和風ファミレスに行く。最近流行っている遊び（？）がある。

ミナトやマルちゃんが私とトンを笑わせようとして変顔をしたりつまらないダジャレを言ったとき、私たち大人はちょっと目を見開いて完全な無表情で対応する。そうすると2

人ともそれを崩そうと躍起になってさらに変な踊りをつけたり、変顔をさらにバージョンアップさせたりしてくる。

　私はけっこう途中でこらえきれなくなって笑ってしまうのだが、ファミレスにいるあいだずっとその遊びをしていた。

○月○日

　最近、家にいるとき、ミナトが変な鼻歌を歌っていることがある。わざと聞かせているとかじゃなく、ほんとうにひとりで自然に歌っているような雰囲気。それだけリラックスしてくれるようになったのかなあと思うとうれしい。でもマルちゃんが「ミナトうるせえ！　ミナト歌やめろきもち悪いんだよ歌うなバーカ！　うぜーうぜーうぜー！」としつこく絡んでまた殴り合いになっていた。

○月○日

　この家の人たちは洗ってあるコップがなくなると何の迷いもなくお味噌汁のお椀で炭酸飲料を飲む。それは当たり前のことのようだ。無法地帯のようだがよく観察していると、お味噌汁のお椀はためらいなく使うが、ごはんを食べる茶碗で飲んでいるのは見たことがない。もしかしたら「液体を入れる容器だからＯＫ」という見解なのかも……。この件に関しては引き続き調査を進めることにする。

○月○日

最近ミナトとトンと3人で麻雀するのが流行っている。もちろんマルちゃんも仲間に入れようとして、特別ルールを作ったりしたのだがやはり集中力が続かないようで離脱。ちなみに通常の3人麻雀用のルールではなく、何も抜かないし牌《パイ》も最後まで引ける超インフレルールなので、上がりが多くて楽しい。

ミナトは自分が上がれないときも局が終わるたびに必ず自分の牌を開いて、「これを待ってたんだけど、これが来なくて、で、最初にこっちが来たから、これを捨てて……」と自分のゲーム状況を報告する。なんだかよくわからないがかわいい。

トンとミナトと3人で遊んでばかりでマルちゃんと遊ばないというのもよくないので、麻雀が終わると「次はマルちゃんと遊ぼうかな」と声をかけるようにしている。すると今マルちゃんがハマっているゲーム「マインクラフト」をいっしょにやろうということになり、自分も2Pのコントローラを持つが、マルちゃんの説明だけでは操作方法などが十分に理解できず、遊ぶのが難しい。

ただ、マルちゃんの家来となってマルちゃんを王と崇《あが》めてついて行くとよろこんでもらえるので、もっぱら家来役に専念する。かろうじてできるようになったのは、マルちゃんが作った小屋のまわりに花を植えまくること。

○月○日

マルちゃんの誕生日、ということで、最近のお気に入りであるマインクラフトのものなら間違いないだろうと考え攻略本を2冊プレゼントしたら「なんでだよ！　蒲焼さん太郎（1枚10円の駄菓子）がよかった！」とキレられた。しょんぼりだが、子どもはうれしくもないのにうれしいとか言ったりはしないのだなと新鮮な気分だ。いつもはこういうときは様子を見ているミナトが「いいじゃん、ほら、これとか面白そうだよ」と本を手に取りページを開いてフォローしてくれたのが沁《し》みた。

○月○日

とにかく2人は呼吸をするように意味なく「ちんこ」「ちんこ」と連呼している。ちんこに関する替え歌のレパートリーも多く、何でもちんこの歌にアレンジして歌っている。そして自分で言って自分でウケている。長い棒状のものがあれば必ず股間にあて、そのたびにゲラゲラ笑っている。

これってどういう対応が求められてるのだろうなあ、と考え込んでしまう。笑うところ？　怒るところ？　とりあえず状況に応じてウケたりツッコミを入れたりするようにしているが、私が怒ったり嫌がったりする大人なのか、許されているのかを彼らなりに確認しているのだろうか。

　とりあえず許されているということがわかると彼らはいきいきとし、止まらなくなって狂ったようにちんこちんこちんこと連呼し続ける。何を言っても「ちんこ！」と返事する。

「いや、ちんこはいいんだけど、さすがに言いすぎじゃない？　１日５００回は言ってるよ」と私も言うし、

「そう。もうしつこい！　面白くない！」とトンもたしなめるのだが、そうするとまるでちんこじゃなければいいんですねと揚げ足を取るように、

「ミナトのキンタマは70センチ！」

「キンタマ！　キンタマ！　キンタマ〜70センチ〜」

と叫びながらソファのまわりを謎の振り付けとともに飛び回るのだった。

　なんなんだろう、小学生男子って。どうして男性器の呼称を叫ぶことがこんなにも楽しいのだろう。でも彼らの異常なほどのはしゃぎっぷりはほんとうに私が人生ではじめて見るもので、彼らがすごく楽しそうなのでよかった。

加害者になるのが怖い

しかし、「ちんこ」という単語を聞いていっしょに笑っているくらいはいいのだけど、困るのはお風呂上がりのマルちゃんが裸でリビングに突入してきて、ちんこを見せてこようとすることだった。その頃アキラ100％という芸人がよくテレビに出ていたのだが、その真似をしてバスタオルをぐしゃぐしゃに股間にあてて隠して登場しつつ、踊りながら手で交互に持ち替えてこちらににじり寄ってくるのだった。

　さすがにどう対応したものか。というのは、私は小学2年生の男子のちんこを見てもさすがに性的には認識しない。けれど、私が「外から来た女の人」という存在であるならば、そういうものを見せたりしてはいけないよ、ということを教えなければならないはずだ。だが、もし「お母さん的な存在」であるならば、子どものちんこなど見て当然なわけだけど……。見てほしいのだろうか？　なんで？　そういう距離を測ってる？

　いや、問題はもっとシンプルで、マルちゃんはエンターテイナーだから、きっとあらゆる手段を使って私を笑わせたいだけなのだ。だとすればこの場での正しい対応って何？　それは教育の本に書いてあるような正しさではなく、お笑い的な正しさなのか？　私は何のマニュアルを根拠にしたらいいのだろうか？

それに、見るのを嫌がる（きゃーやめてー的な）アクションをする、しかしそれは本気で嫌がってはいないということをきちんと表現する、それに対してマルちゃんがさらに見せようとする……という笑いの構造を定着させるというのは、フェミニスト的な観点からすればいかがなものだろうか？　だって時代は“No means no”（性的な誘《さそ》いなどに対してダメと言ったらダメということ）だし……。しかし、フェミ的な行動原理を優先して「そういうことはダメだよ」と言うのもちょっと違うような……。うーん。はて。

結局「や、やめてくださいよー」と言いながら手で顔を覆いつつ、ときどきちらっと確認する、というアクションを選択し、マルちゃんも踊りながら「あ！　いま見た！」「見てない」「見た！」「見てない」というやりとりで双方のメンツ（？）を保って収めたのだが、これがはたしてベストの選択なのかはわからない。

いったい何が正解なのか。

異性の子どもだから気にしないといけないことがある。彼らの身体にまつわることだ。ちんことうんこに関しては異常なほどの愛と執着を見せるけれど、女性をネタにするエロというものにははっきりとした線引きをしており、それらは一切取り扱われなかった。たとえば丸いものがふたつあったらそれを胸にあてておっぱいに見立てる、くらいのことなら彼らが十分にやりそうなことではあったが、なぜかそれはないものとされているようだった。そして彼らは私を「女」だと知っていたので、私に触ろうとすることはなかった。2人とも父親であるトンにはべったりなのでそれは少しさびしいようにも感じたけれど、彼らがそう認識できる年齢になっている以上は、こちらからスキンシップを求めるのは気持ち悪い。

私がいちばん恐れているのは、異性の子どもに対して自分が彼らの親に近い立場から性的加害者になることだ。

私とは逆の立場にある、〈娘を持つシングルマザーと結婚した男の人たち〉に片っ端から聞いて回りたい。

どう捉え、どう行動することでその可能性を回避するようにしたのか。大人の男と子どもの女、という関係性がいちばん問題が発生しやすいと思うのだけど。というか、子どもが小学校の高学年とかになったら、知らないおじさんが家にいることを「なんか嫌だな」と思うことのほうが当然な気がするし、そこをどうやって超えて、どうやって意識しないように意識していくんだろう。私の考えすぎなのかな。もっと自然でいられたらいいのにといつも思う。

けれど、血がつながっていたらいいのだろうか？　という疑問も同時にある。父親の娘に対するセクハラなどはもちろん許されるものではないと思うが、ＳＮＳで自分の息子を「私の小さな彼氏でーす」と言ってハートのスタンプがいっぱいのツーショット写真を公開したり、幼い男児に「ママにチューして」などと平然と言う女の人たち。以前はそれほど気にもしていなかった彼女たちの言動が急に気になるようになった。自己防衛なのかもしれないが、嫌悪感がわく。血がつながっていたら鈍感でいても許されるのだからいいよね、という、自分の複雑な羨みなのかもしれない。その人たちの子どもは喜んでいるのかもしれないし……他人の家のことはわからないけど。

けれど日が経つにつれて、マルちゃんは私とトンが並んで座っているあいだに無理やり入り込んできたり、「これおいしいから食べて」と無理やりに口に直接グミを突っ込んできたりするので、なるほど、接触すること自体は嫌ではないらしい、と知る。そのうちに、慣れてくるとコンビニを走り回るマルちゃんの両脇をホールドして止めたりすることはできるようになった。

だが、行き過ぎてしまうこともある。コンビニの帰り道、マルちゃんがトンに「たまにはおんぶしてよ」と言って、トンはしばらくおんぶしながら歩いていたが「はあ、重い」と言い始めたので「代わろうか？」と聞いてみた。「お、いいね、お願いしよう」とトンに降ろされたマルちゃんの近くにしゃがんでスタンバイするが、マルちゃんはちょっと考えて言った。

「いいよ……なんか恥ずかしい！」

そう言われて、たしかに調子に乗りすぎたかも、と反省する。気をつけよう。

一方、ミナトに関してはマルちゃんよりはガードが固いしもう5年生だし、ということで、オールNGの方針でいたが、ある日のこと、

「この服くさい！　麻雀マットと同じにおいする！」

と自分の着ているTシャツを引っぱって嗅ぎながらトンに嗅がせていた。

「うん、たしかにくさいな。洗ったのになあ」

「これ洗ってもいつもくさいんだよ」

「俺も嗅ぐ！」

マルちゃんが嗅ぎに行って、「くせっ、くせっ」と手を叩いて喜んでいる。

こういうときは外野になって笑って見ているのが自分の役目だ……と遠巻きに見ていると、ミナトが自分のところまでTシャツを引っぱりながらやってきた。

「はい」

「え、私も嗅ぐの？」

「うん」

ミナトはそれは私にはさせないだろうなと思っていたので意外だった。驚きを見せないようにして、なるべく普通にTシャツに鼻を近づける。

「わ、なんか変なにおい！」

「でしょ？　ほら、やっぱりくさい」

なぜかくさいことがうれしいらしく飛び跳ねていた。

子どもとのベストの距離はどれくらい？　というのはこちらで決められるはずがなくて、こうやってそれぞれのスピードとバランスで、どこまでなら侵入してもよい、というラインを彼らが決めて教えてくれるようだ。

関係性は無理やりひとつの方向を目指してこじ開けていくことじゃない。日々のやりとりの中で薄い紙を一枚ずつ積み重ねるようにして、オリジナルの形を作っていくもののようだ。

また新しい場所へ、旅

その頃、また別の事件が起ころうとしていた。

昔からの出版業界の知り合いで、年は離れていたけど友人のように親しくさせてもらっている人から、ある日突然連絡が来た。

「今度女性向けの本屋を始めるっていうプロジェクトに関わってるんだけど、花田さん、相談に乗ってくれない？」

「女性向けの本屋？　へえー、なんか大変そう」

相談というのは、肝心の店長をやる人が見つかっていないまま、あと半年で新店をオープンすることだけが決まっているので、誰か店長をやってくれそうな人を紹介してほしい、それとオープン時の選書を手伝ってほしい、という内容だった。

「花田さんが店長で来てくれたらいちばんいいけど……それは無理でしょう？」

「そうだね、さすがに……。まだパン屋の本屋も1年経ってないからなあ」

「うん、まあそれはそうだと思うんだ。だからとりあえずオープンに間に合うように本を選んでもらえないかなあ、もちろんきちんと見合った額をお支払いするから」

「選ぶっていっても……ちょっと仕事量が多そうで、片手間でできるかどうか。それに私、実は本を出すことになりそうなんだ。ちょっと忙しいかも」

「えっ、そうなの？」

この頃、少し前にやっていた、出会い系サイトで出会った人に本をすすめてきた経験をウェブマガジンで書いた文章がバズって書籍化することが決まり、ちょっと慌《あわ》ただしくなっていた。そんなことに関わっている場合ではない、という気持ちもあった。

「誰か社内にできる人はいないの？　新しく店長になる人か、会社の中にいる人が選んで、オープン後も同じ人が売り場づくりを進めるのがいちばんいいと思うんだけど」

「それができるならそうしてるよ。『できる人が誰もいない』ってことだけはプロジェクトの意見として一致してるんだ」

　そこで店長ができそうな書店員の友人何人かに声をかけてみたが、タイミングが悪かったり、企業の中での仕事というところに興味を持ってもらえなかったりして、私の知り合いではどうにかなりそうになかった。絶対、どこかにやりたい人はいるはずなのになあ。適任な人も、書店業界のどこかにいるはずなのに。

　さらにプロジェクトの人たちと会ったりして話を聞けば聞くほど、「このままではやばい」ことがひしひしと伝わった。内装・店舗名・ロゴ、外側だけがどんどん固まっていって、内側が空洞だ。もちろん自分が責任を感じなければいけない話ではなかったが。

　自分がこの店に何の本も選ばなくても、誰かがオープン前までに棚を埋めるだろう。「女性向けの本屋」。それはすごくナイーブなテーマだ。「女性向け」を謳いながら女性のことなんて1ミリも考えていないようなハリボテの企画はそこらじゅうに溢れている。

　美容の本やファッションの本、女性向け自己啓発の本をたくさん揃えて、なんとなくの女性らしさを作ることはできるだろう。だが、そんな本屋ができてしまうかもしれないことを、私は一書店員として見過ごしていいのか？　せっかく150坪の広さと莫大な予算をかけて、そんな店が誕生してもいいのか？


「あの、やっぱり私が店長をやるって、アリですか？」

やめとけ、それ以上首を突っ込むなよ、という心の声をさえぎって、思い切って聞いてみる。

「え？　もちろんそれは、そうなったらすべて解決するけど、だって、花田さんは……」

「ちょっと考えさせてください。一週間ください」

もちろん正義感や使命感だけではない。打算とまではいかないが、自分のことを考えていた。

出会い系の本の原稿を書き進める時間が必要なことや、穏やかな暮らしのことを考えると、このまま今の職場に残ったほうがいい。今、転職なんてしたら原稿どころじゃなくなる。という思いと同時に、パン屋の本屋は取材NGにしていたので、店のことではないとしても、本を出すことでメディアに私が露出するのを嫌がるだろうな、という心配が心の片隅にあった。

せめてあと2年後にこの話が来てくれたなら。そう思ったが、2年後ならよくて、今はだめなのか？　その基準は何なのか？　それに2年後に同じ話があるはずはない。

ここは居心地がいい。でもまだ私は自分の人生の終着点をここに決められない。どんどんどこかに行きたいという気持ちも湧いている。

それに新しい本屋の逆境っぷりにも正直ワクワクしていた。だってどう考えても無理ゲーだ。スケジュール的にも大変だし、女性向けの店というコンセプトで150坪は無謀に思える。行ったら大変なことになるだろう。そう思うとかえって行きたくなる。どうかしているのだが。
逆境好きじゃん。行っちゃえよ！　と心の外野がうるさい。

パン屋の本屋では、店の品揃えや接客についてはほとんどオーナーから何かを言われることはなく、まるで自分の城のようにやりたい放題に好きに本を選び、並べていた。それは自分にとってもタダで手に入った自分の城のようで、自由にやらせてくれるオーナーの信頼はほんとうにありがたかったし、どう考えても人から見たらうらやましい状況なんだろうと思った。でも、実際はそこに未練はなかった。そして好きな音楽をかけて過ごすお客さんの来ない雨の夜の美しい時間も、好きな本をのんびり読める時間も、惜しいようでいて惜しくはなかった。

でも、最後まで、ひとつだけ自分を強く引き止めるものがあった。
強く後ろ髪を引かれ、最後まで悩み、苦しく思ったのは常連のお客さん、具体的に、あの人とあの人とあの人と……もう会えなくなる、あの、少しだけ会話をかわすような、定期的にちょっと会えることを日々のささやかな楽しみにできるような関係が、すべて失われてしまう、ということだった。いくらなんでも別れのときが早すぎる。でも、それが嫌ならこのままここを辞めなければいいだけだ。でも……。

引き裂かれるような気持ちだった。

そんな迷いの日々の中で、私の週1の休日に店に立ってくれているアルバイトのさち子が、私がレジに立っている日に店に遊びに来た。

「自転車を買ったんですよ！　かわいくないですか？」

外には真新しい、ベージュに塗装されたおしゃれなデザインの自転車が止まっていた。

月曜日はパン屋が休みのために、本屋に来るお客さんも少ない。自転車に乗れない、というさち子が店の前で練習をするのを、中庭に出て眺める。心地よい秋の風が吹いていた。さち子がよろよろとした運転で何度も店の前を往復する。こんな幸せなのんびりした時間の中に、いつまでもいたかった。こんな決めきれない2択の前に立ち尽くしてしまうとき、私にはいつも無意識に思い出してしまう1冊の本があった。いや、その中のひとつのフレーズというべきか。

それは、岡本太郎の『自分の中に毒を持て』という本だ。芸術家として生きた彼の、妥協のない激しい生き方が濃密につまった人生論のような本だった。そこには、2択で迷ったときには必ず「あえて危険なほう、怖いと思うほうを取れ」というメッセージが描かれていた。「ワクワクするほうを選べ」「やりたいことを選べ」はあらゆる自己啓発本に書かれていたことで、ある種聞き慣れていたのだが、怖いほうを選ぶとはどういうことだろう、と消化不良のまま心にずっと残っていた。太郎は「万博にシンボルを作ってほしい」という依頼があったときも迷ったが（たしかにそのオファーをもらって、ワーイとよろこぶような人間ではないだろう）、プロジェクトに参加することのほうが「怖い」と感じたので決めた、と書いていた。このエピソードと言葉は今もこうして決断をせまられるたびにボディブローのように身体に効いてくる。若い頃に読んだ本の効能はおそろしい。いつしか骨の奥までしみつき、自分のものとなって、自分を決断させてしまうのだから。

　もう私の心は決まってしまっていた。こんなにいい店をもう去らなければいけないなんて、なんて馬鹿なんだろう。でも、後悔はない。

　こうして私はここを出て行くことに決めた。

女性のために？　そんなものあるのか

女性向けの本屋。女性のための本屋。

「あえて困難なものに挑戦するのが面白い」とか何とか思いながらかっこよく引き受けたはいいものの、いざ引き受けてみて、何か素晴らしいビジョンやアイデアが思いついているのかというと、べつに何もないのだった。

　こういうときは、誰か友人に壁打ちの壁になってもらうのが効果的かもしれない。出版社で働いている女友達を居酒屋に呼び出して泣きつく。


「女性のための本屋、っていうのをやることになったんだけどさ、どう思う？　っていうか、まず、どういう本を置いたらいいのかね？」

「女性〜？　恋愛の本とか？　あとヨガとかじゃない」

「恋愛、ヨガ……ふんふん、なるほど。ってさ、いや、そういうことじゃないんだよな」

「じゃ、どういうこと？」

「いや、そういうことなのかな？　なんか、テーマというか、コンセプト？」

「それが『女性』なんでしょ？」

「女性のための本屋です、って言われて、わー、行きたいな〜って思う？」

「どういう意味？　とは思うね。まあでも見には行きたいよ」

「試されてる感……で、女性を馬鹿にしている、とか言われて炎上しちゃうんだ、きっと」

「そこまで悲観しなくても」

「女性のための本屋、って、他にどこかあるのかな？」

「小さいお店だったらあるかもね。あ、クレヨンハウスとか？　あれって、どういう感じだっけ？」

「たしかに。骨太な思想ありきな感じ。実際、絵本の品揃えとか重厚で圧倒されたなあ。あとオーガニックな印象」

「ヨガ、オーガニック、自然のままに私らしく生きる……って感じだね。そして野菜を干したりジャムを作ったりするんだよね」

「えー！　そういう店？　そういう店になるの？」

「知らないよ」

　ぐらぐらした話が続くだけで、これだ、という道筋がまったく見えない。


「やっぱり女の人向けの本、っていうので分けるってことに無理があるよね……。そういうエコな暮らしを実践する男の人だっていっぱいいるし、女の人だからこれが好き、なんて共通認識のあるものなんて何にもないんじゃない？」

「パンケーキじゃん？」

「人がまじめに話してるのに！」

「時代はインスタ映えだよ〜」

「まあたしかに、あるけど、でも『女の人が好きそうな』って言葉で考えようとすると、どうしてもそういう発想になっちゃうんだよな。頭が悪そうというかさ。インスタ映えしたい女の人を馬鹿にしたいわけじゃないのに、企業とか店が『ほら、インスタ映えするでしょ？』って先回りして作ってるものって馬鹿にしてる感じがする」

「それはわかってないやつらが女を見下して作った失敗パターンでしょ、ちゃんとやったらいいものになるんじゃないの？　今は食べログよりインスタで店を探す時代なんだから」

「インスタ映えする本屋なんか誰も探してないでしょ？」

「いや、その写真見て『この本屋行きたいな』ってなるんじゃない？」

「まあ……見た目がダサいのは嫌だけどね……要するに中身が伴っていればいいんだよね」

「んー……でもさ、中身がよくてもチェーン系の書店みたいな内装だったらべつに写真は撮らない。中身ねえ……女性のための本屋、というと、フェミニズムの本とかも置くでしょ？」

「そうだね。それは個人的にも取り揃えたいんだけど……私自身も社会学というか、女性差別にかかわらず、障害者とか、ＬＧＢＴとか、移民や在日外国人とか、マイノリティーの人たちの権利が守られて、その人たちがより生きやすくなることに興味があるから、っていうのもあって、そういう本は自然と置けると思うんだけど、そういう主張が強い本ばかりが揃って息苦しくなるのも嫌なんだよね」

「そのへんはバランスが難しそうだね」

「そもそも店が広いから、そういう本だけで揃えるなんて無理だけどね。……って考えたら、逆に『どういう本を置くべきか』って問題じゃなくて、女性に紐づけて置ける本ならどんな本でも置かないと棚が埋まらないんじゃないかって問題のほうが切実かも」

「何坪だっけ？」

「売り場で１５０」

「って、聞いておきながら坪数で聞いてもわからないや。青山ブックセンターの本店で何坪？」

「わからん。でも同じくらいかもしれない」

「え、めちゃめちゃ広いじゃん」

「だから困るんだよな〜」

「でも実用書で埋まりそうな気もするけどね」

「まあ、さっきの続きじゃないけど、女性といえば、美容、ファッション、あと占いとか、コミックエッセイ、恋愛、結婚、育児、あと、旅行、アート、カフェ、料理、手芸、インテリア、暮らし、ペット……そんな感じかな？」

「文芸はやらないの？」

「あ、やるやる」

「それは女性作家だけ置くの？」

「ね、それがまた悩む……というか答えがない。だってほとんどの女の人は男性作家と女性作家の区別なく読んでるだろうし、女性作家の本しか置かないって決めたら相当つまらない棚になるよね。でも、だとしたらどうやって『女性らしい』文芸の棚を作れるのかわからない……」

「あれ、ビジネス書は？」

「それも悩んでるんだよね」

「新刊配本はあるの？」

「それも悩んでるんだよね」

「何にも決まってないんだね」

「決めるための道しるべみたいなものがないと動けないよね。でも、まずは決めてみて、オープン後の動向に合わせて変えていくしかないのかもなあ」

「超大変そうだね」

「はたして完成するのかな？　って他人事みたいに思ってる」

パン屋の本屋の在庫量は約４千冊。それくらいなら手作業で、1タイトル1タイトルを選んでいくだけで埋まるということは実感としてわかっていた。しかし、それにしたって、何かテーマのようなものとか棚の流れみたいなものを考えながら本を４千冊発注することはけっこう大変だった。

　それで言うと、その新しい店——「HMV & BOOKS HIBIYA COTTAGE」（日比谷コテージ）は、そもそも何冊必要なのか？　これも概算でしかないが、標準的な１５０坪の店ならだいたい４万冊の本が入っているという。４万冊を手作業って、たぶん非現実的なのだ。でもそれ以外にやり方がわからない。おそらくは、取次が「新規開店セット」みたいな本のリストを持っているのだろうが、それだと「普通の本屋さん」の品揃えになる。

「あ、そうだ。ひとついい情報があったんだ」

「なに？」

「日比谷のその店は宝塚の劇場が近いらしくて、前にそこにあった書店でも、宝塚関係の本はだいぶ売れていたらしい。あと、演劇の劇場も周囲にいくつかあるらしくて、だからそういうものは多めに置こうという話になってるんだ」

「へえ、そうなんだ」

　といっても、宝塚のことなんて1ミリも知らないので、品揃えのしようもなく、こちらもまた懸念材料ではあるのだが、まあ、これは詳しい人を見つけられればクリアできそうだ。

「あと、会社のＨＭＶがＣＤ屋さんだから、女性ファンが多いジャニーズとかＫ－ｐｏｐとかに強いらしいんだよね。だからそういうのを置くのは『女の園』って感じで面白いなあと思ってる」

「女ヲタが集まる店になるんだ」

「うん、そうだねきっと。女ヲタの楽園ってなんだかとってもいい感じだね。あの、今はあんまりないかもしれないけど、昔レンタルビデオの店で、「18禁」ののれんがかかってて、そこは男の人が女の人の目を気にせずにＡＶを借りられるようになってたよね。オタクであることを恥じる必要はないけど、総合書店ではまわりの目が気になってゆっくり売り場を見られない人が、男性アイドルの写真集をじっくり吟味できるようになったらいいなあ」

「いいねえ、女子高っぽいノリ。……うん、コンセプトはだいぶ固まったんじゃない？」

「そうかな？　そうかも？」

「うん、すごい行ってみたい店」

「ほんと？　よかった！　助かった」

「お役に立てたならよかったよ」

うんうん、とってもいい感じだぞ、と上機嫌で解散したものの、家に帰って、さあ、プロジェクトの人たちにも伝わるような企画書を作ろう、とパソコンに向かうと急に頭にももやがかかったようになる。

結局どういう店なんだ？

あのときはベラベラと思いつくままにしゃべったけど、「女性の本屋」だから「料理」「手芸」「カフェ」って、すごくステレオタイプな思いつきだし、差別的発想になるのではないか。女性でも「電車」や「戦国武将」や「釣り」が好きな人はいくらでもいるよね。そんなことは知っている。その人たちをいないものとして「女性のための本屋なので料理の本や手芸の本がいっぱいありますよ〜」と宣伝していいものなのか。

それに「女性のための本屋」という区分を、トランスジェンダーの人はどう思うだろうか？　性別に分かれられないことを、排除されているように感じるだろうか？　というか、そもそも、男性はどう思うのだろう？　男性がつまらない本屋でもいいのかな。

私はもともとフェミニズムに限らず、子どもの頃から、社会や世間から「〜でなければならない」「〜であるべき」と無意味な習慣や前時代的な考えを押し付けられることが苦手だった。その耐性が著しく低いせいで、普通に学校に行くこともかなりしんどかったし、普通の親が子どもに言うような命令や指示も受け入れることができなくて、ただそこにいるだけで大変だった。そんな自分にとってはフェミニズムの本はたいてい「こうでなければ」の呪いを解いてくれるものであり、新しい考え方を教えてくれるものであり、心を自由にしてくれるものだったので大いに共感していた。

そんな自分が、自分の生き方に沿って選書をすれば、自然と「もっと自由に生きよう、結婚・出産はしてもしなくてもいい。誰かに依存せずに自立して生きていこう」という本ばかりになってしまう。

でも、それでいいのだろうか？　それはちょっと違うんじゃないか？

たとえば夫に愛されることを望んでいる人、仕事をせずに家庭を支える生き方を選んだ人のことを責めるような店になってはいけないのではないか。愛されることがすべてと盲信して自分を見失い、依存の関係になってしまうことが問題なのであり、愛されたいと願うことは何も間違っていない。

「明日のデートには何を着ていったらいいのかな、どんな服だったらかわいいと思ってもらえるだろう」と考えながらわくわくと本屋に来た人に、

「愛され服などもってのほか！　もっと己を持て！　そんな媚びた精神の本は一冊残らず燃やしてやったわ!!　ワハハ!!」とその心を潰す資格があるのだろうか？

いや、そう発言する人や、そういう店があってもいいと思うのだが、それは、ここでの私の仕事ではない。気がする。わからないけど。

「女性差別とは何か」「私たちは不当に何かを押し付けられているのではないか」という問題を考えたいときに、役に立つ本が揃っている本屋でありたい。

同時に、「難しいことは今日は何も考えたくない。仕事つかれた。ひたすら嫌なことを忘れて、楽しくてやさしいものに出会って癒されたい」というニーズもかなえられるような本屋でありたい。

キラキラした空間にしたい。あれもこれも、手に取りたくなる本ばかりで、来たら元気になれる店。ワクワクするような本がいっぱいの店。自分ももっとこんなふうになりたいな、とか、がんばろうと思える店。

同時に、「キラキラしなければ女として価値が低い」という呪いを植え付ける店にはなりたくない。もともと本の役割は、日陰や暗闇に価値を見出し、そのあり方に寄り添うことがメインみたいなものだ。だから極端な話、ずっとキラキラしていられて、悩みもないなら、本なんて読む必要はないのだ。

……と、理想を掲げるのはかんたんで、考えれば考えるほど自分の理念の崇高さにドヤ感（？）でいっぱいになり胸が熱くなるのだが、そんな形而上学的には可能な店の現実化は可能なのだろうか？　可能なのだろうか？　っていうか、今からそれを全部成立させる店のあり方、棚のあり方を全部自分で考えて1冊ずつ発注して並べなきゃいけないのである。無理な気しかしない。

もっと、理念とかじゃなくて、行ったらただ楽しくて、女子的なテンションが上がって、「こういう店は女友達と来るに限るよねー」みたいな、なんだろうな、そういうの、何っぽさといえばいいのだろう、と毎日のように寝ても覚めてもぐるぐる考え続けて、結局「ルミネ的」「ディズニーランド的」というワードが近いのかなあとぼんやり思う。

多分だけど、ルミネに崇高な思想はない。だけどルミネに行くとなんだかテンションが上がる。資本主義的だな、ハリボテだなと感じることもあるけど、それでも、溢れんばかりの洋服の洪水に、うやうやしく飾られたアクセサリーや、新しいメイクブランドのおしゃれなパッケージや、落ち着いて洗練された文具、おいしそうな新製品の輸入菓子、流行のかわいい服を着てやさしく話しかけてくれる店員さん……そんなものに囲まれて、勢いのあるビジュアルとキャッチコピーのポスターに無駄な買い物を肯定してもらって、「女子力」を充電したような気持ちになって帰る。

ルミネに行くとなぜワクワクするのだろう？　と考えることは、コテージを考えることに役立ちそうな気がする。

ディズニーランドは、女性だけのためのものではないし、男性にもファンがいると思うけど、基本的には世界観を確固たる意志で構築することによって、楽しさを生み出している。「行列がすごい」とか「高い」とか、ネガティブな要素もあるのに、あそこまで「ここでは幸せに楽しくすごしてね～」というメッセージが伝わるのはすごい。あんなふうな店になったらいいな。なんか変な帽子をかぶりたくなっちゃうような、おいしくもないポップコーンをつい買いたくなっちゃうようなあの仕組み。

私の中では、なんとなくの店のイメージというのは次第に固まっていった。

もちろんイメージができただけでは棚は１ミリも埋まらないのだが。

これが僕たち３人の生活

パン屋の本屋を退職し、土日に休めるようになると、トンの家で過ごす時間がぐっと増えた。金曜日の夜から行って日曜の夜に帰るという、まるで単身赴任のお父さんスタイルだ。どう進めたらいいかわからない「女の園」づくりの仕事に悩んで帰ってきて待っているものは、どう進めたらいいかわからない「男の園」での自らの身のやつし方だ。

会う回数を重ねるごとに子どもたちのかわいさは急上昇した。かわいくてかわいくて仕方ないと思うようになった。

会える時間が長くなると自動的に子どもたちとの親密さは増す。自分の予定があったりして週末に行けなくて1週空いたりしてしまうと、また距離が遠くなってしまっているのではないかと不安になる。けれどたくさん時間を過ごすことで仲良くなろうって、なんだか暴力的でもある。子どもは拒否権がないのだから。よっぽど嫌だったら父親に「もう来ないようにしてほしい」と伝えることもできるかもしれないが……。

でもある日、撮っていた2人の写真を見返したら、ミナトが下を向いたり、顔が映らないようにしている写真が多くてハッとした。いい場面だな、かわいいな、と思って何気なくiPhoneのカメラを向けていたけど、嫌がっていたことにも気づかなかったし、写真を撮らないでほしいとは言い出せなかったのだなあと思うと申し訳なくて、鈍感な自分が嫌になった。嫌だったら言ってくれるはず、言わないんだから大丈夫、ってまるで最近話題になっている性的同意の話でいうところの、加害者の言い分と同じじゃないか。

子どもたちとの関係性は深くなっていくようで、一進一退だ。盛り上がって楽しい時間を過ごせたりたくさん話せたと思うときは弾むような気分で家に帰ったし、子どもたちが冷たいように感じたりなんとなくうまくいってないように感じた週末は、もう来ないほうがいいのかな、と落ち込む。それに、その「うまくいっている」の判定も、結局は私が思い描く「素敵なファミリー」的なイメージの一方的な押し付けじゃないか、と思うと何が正解かわからなくなる。

自分で自分に問いかける。おまえの目的はなんだ？　子どもと、「仲良くなる」ことか？　子どもに好かれている「素敵な私になる」ことか？　子どもたちを自分の思いどおりに動かすことか？

ちがう。純粋に子どもたちにとっての幸せを追求したい。そうじゃなきゃいけない。だからその芯からブレて自己満足が優先されているときの自分は振り返ったときに気持ち悪い。けれど心をクリアにして、子どもの幸せを追求するためにベストな行動とは、と客観的に見つめ直すと、自分がいることなのか、いなくなることなのか、接し方を変えることなのかがわからない。

「ねえねえ、あのさ」

「んー？」

「……私ってさ、子どもたちとうまくいってると思う？」

ある週末の帰り道、たまらずトンに聞いてみる。

「えっ、なんで？　めちゃめちゃ仲良くしてくれてるじゃない」

「そうかなあ」

まあ、そんなふうに聞かれたらそう答えるしかないか。

「あっ、俺があんまり感謝を伝えてないからだね。ごめんね、いっしょに遊んだりしてもらうことがなんか当たり前みたいになっちゃってさ。すっごく感謝してるよ、ほんとにありがとうね」

「うーん、そういうことじゃなくてさ」

「えっ！　怒ってる？」

「あ、ううん、怒ってないけど」

この心のわだかまりを、ちゃんとうまく話せる気はしない。

トンには、私がこうして悩んでいることなんてわからないのだ。今まで、心のどこかでこの問題はトンと共有できる、2人で取り組んでいる問題のような気がしていた。

知らない家族の中に入り込んでいくことは、私という「1」が、どうやって「3」人に受け入れられるかという問題であり、「3」のリーダーを務めるトンは全体を俯瞰《ふかん》していて、子どもたちの本心も把握している人のように見えていた。

でもそんなはずはなかった。トンと私は、全然別のものを見ている。

私がいちいち自分の言動や子どもたちの反応を気にして「これでいいのだろうか」と思い悩んでいる現場も、トンには「なんだか仲良くなったようでよかった」レベルの解像度でしか見えていないのだ。

受け取る相手にしかわからないレベルの、微弱な電流の交換のような感情の揺れ。それはいつもいっしょにいる親にも検知することのできないものなのか。もっと言ってしまえば、私とミナトのあいだを流れる電流をマルちゃんは検知することができないし、私とマルちゃんのあいだの電流をミナトは検知することができない。

ならば、私から見たら仲のいい親子に見えている、トンとミナトとマルちゃんにも、私が知ることのできない複雑な感情があるのだろうな。

そう考えていくと、家族の問題って結局は1対1の問題の掛け合わせでしかないんだなあと思う。

普通の家族もそうなのか？　そうなのかもしれないな。

そういえば、こんなこともあった。

子どもたちが寝静まってから2人でなんとなくしゃべっているとき、トンが猫の面白かわいいエピソードを話すような口調で話し始めた。

「最近さあ、ミナトのやつ色気づいちゃって」

「なに、どうしたの？」

「朝、一生懸命寝ぐせを直してるんだよ。それで前髪がびしょびしょになっててさ」

「え？　……なんでそのこと笑えるの？」

「え？」

「笑うことじゃないでしょ」

たしかにかわいい笑い話として扱ってもいいような話題だった。猫が顔を洗う動作をかわいいといって笑うような。が、冗談だとしてもミナトをからかうような言い方に怒りを覚えた。

赤ちゃんの頃からずっといっしょにいる親にとっては、子どもが大人びることは笑えることなのか。私は途中参加だから、べつに11歳にもなればまあ寝ぐせくらい直すほうが普通だろうと思って特に面白くはない。

これに限らずだけど、今も昔も、親は子どもに好きな異性がいると知ったり、大人のようなものの言い方をしたりすると、ちょっと馬鹿にするように笑ったりひやかしたりするけど、自分も子どもの頃にやられて心の底から嫌だったし、自分はその愚かさの連鎖に組み込まれたくない。「〇〇のくせにそんなことしちゃって〜」という嘲笑は身内特有のものなのかもしれないと思う。

けれど、たぶんトンは子どもが離れていくことに焦りやさびしさや嫉妬があって、その戸惑いをこんなふうに笑いに包んでなんとか直視しないようにごまかさなければ受け止められないんだ、ということをこのときはじめて親側の視点から見た。そして笑ったりして自分の優位を保とうとしても無駄だと気づいたとき、子どもが自分の手の中にはもういないことをやっと受け入れられるのだろうか。

　誰も自覚してないかもしれないくらいの、ささやかな確執はこんなふうに表出するんだな、と知った瞬間だった。

＊

○月○日

日曜の昼下がり、４人で近所のスーパーに買い物に行く。ウインナーの試食をやっていて、ミナトとマルちゃんが手を出すと販売員の人から何の疑いもなく、

「どう？　おいしい？　ね、お母さん、今日はこれとってもお買い得！　２袋で５００円です〜」

　と言われる。何の疑いもなくもなにも、みんなでカート押してるこの状況で、

「もしかしたら親子じゃないかもしれませんが近くにいる大人の方〜」

　って前置きしてくる人がいたらそっちのほうが面倒だし、べつにいいのだが、うれしいような恥ずかしいような複雑な気分だ。

　ミナトやマルちゃんも聞いていただろうか。どう思ったか気になってしまう。

○月○日

ミナトの友達が大勢で家に遊びに来た。それはいいのだが、友達のあまりのかわいくなさに驚いた。え……ていうか、逆にミナトとマルちゃん、かわいすぎるのでは？　冷静に考えれば、見慣れているからそう見えるだけなのだろうけど、そのレベルを超えている気がする。他のブサイクな小学生に比べて、2人は天使のようだ。

この現象って、普通の親の人もなっているのだろうか？

○月○日

4人でごはんを食べながらバラエティ番組を見ていると、CMに、いかにもな家族団らんの様子が映し出された。住宅メーカーのコマーシャルのようだが、あたたかい料理を作って家族に「おかえり」と言う素敵なお母さん、食卓を囲むお父さんと子ども、ベッドで眠る子どもを愛しそうに眺め、そっと頭を撫でる両親……。おいおいおい、なんてCMを流してくれてるんだ、と、エロシーンが始まったとき並みにひやっとする。「家族のかたちはそれぞれなんだ！　お前たちが無意識に垂れ流している『家族は両親揃ってこそ幸せ』、っていうメッセージが今もこうして子どもたちを傷つけてるんだよ！」という怒りが湧いてきた。

と、ミナトが言った。

「僕このＣＭ好き」

「へっ？　どこが？」

「この歌が好き」

そう言うとマルちゃんと2人でサビの部分を歌い始めた。

「へえ……そうなんだ……あ、そう……」

そんなこと気にしてるのは私だけなのか。そうなのかもしれない。私にとっては「父＋息子」という組み合わせこそが新鮮だけど、彼らはもう何年もこの設定を生きてきていて、ＣＭで親の揃った家庭の図を見ることなんて、日常茶飯事なのかも。勝手に私が期待してしまっていたのだ。「自分たちには母親がいない」と気に病んでいる子どもたちの姿を。嫌になってしまう。こんなに自由でいたいと自分で言いながら、自分こそが偏見に囚われている。

＊

そういえば他にも彼らの指針を感じた場面があった。

4人でコンビニに買い物に行ったとき、またちょっとしたことで2人が喧嘩になり、互いに追いかけ回ったあげくに力いっぱい殴り合って、最終的にまたマルちゃんがわんわん泣いていた。

「これ、家の中だけなのかと思ってた。外でもやるんだね」

半ば呆れて感想を伝えるとミナトがちょっとおどけたように両手を広げて言った。

「そうです。これが僕たち3人の生活でーす」

ミナトのちょっと得意そうな、うれしそうな、顔。あ、こういうことなのか、とそのときすべてが腑に落ちた。

彼らは3人で完結しているのだ。「母」が欠落した家族をやっているわけではない。ミナトはそのことに自信を持っている。

彼らが育つ過程で「うちはお母さんがいないから不幸なんだ」と思って卑屈になるようなパーソナリティーを持つ機会はいつでもあっただろう。そうなってしまう人と、そうならない人の差は何なのだろう。まわりの大人によるものなのかな。特に父親の。

母から父親の悪口ばかり聞かされて育った子どもは父親を憎んで育つ。自分の人生でも、何度かそういう人を見かけたことがある。それと同じことだ。

多分トンは子どもにも絶対そういうこと言わないだろうな。私ですら、2人の母親の悪口は一回も聞いたことがない。シングルファーザーだから大変だ、という言葉も今までに一度も聞いていない。

こうして、３人と仲良くなればなるほど、最初に思っていた「大変だね」という言葉が自分の感覚にもマッチしなくなっていた。私は大変だね、という言葉を捨てるかわりに、トンの子育てを大げさにほめていくことにした。

「２人ともほんとうにかわいいよね！　意地悪なところとかひねくれたところがまったくないしさ。どっちもそれぞれ違ったよさがあるよね。でも２人ともやさしくていい子だよね。やっぱりトンが育てたからだろうなー」

「へへへ、そうかい？　そう言ってもらえるとうれしいなあ」

参考になるというのではないけれど、シングルファーザーの楽しい本を見つけた。漫画家の瀧波ユカリさんが紹介していて知った本で、かあいがもんさんの『お父さんの日記』。父と息子２人の、ひたすらに楽しくて騒がしくて自由な生活は、友達同士の生活のようでこの家にも似ていた。親は子に何を与えるべきか、なんておどろおどろしく構えた気持ちを忘れさせてくれるような、ただ一生懸命に楽しく日々をいっしょに生きていくことだけのシンプルなあり方を示していた。

はじめてのお出かけ

私の次なる目標は、みんなで少し遠くまで出かけることだった。いっしょに過ごすようになってからけっこう経つというのに、みんなで出かけたところといえば、歩いて行ける近所のスーパーか、コンビニか、ファミレスくらいのものだ。だいたいこの家族はほんとうにほんとうにゲームとテレビばっかりで家から出なさすぎる。よくない。ほんとうは子どもたちだってどこかに出かけたいのではないか？

　私が最近読みかじった本の中で、有名な育児の専門家の佐々木正美さんも「子どもがゲームをやりすぎる問題については、取り上げることや時間を制限することばかりを考えるのではなく、愛情を与えてないことに注意すべき。親の愛が伝わる他の何かを子どもに湯水のように与えれば問題なし」（意訳）と書いていたのでなるほどと思い、あれこれ考えた。子どもがよろこぶといえば、やっぱりあれだろう、あれじゃないか。

「みんなでさー、ディズニーランドとか行きたいね！」

　と主張してみるが、全員返事なし。ジェットコースターとかいろいろあるんだよ、行ったことある？　あと、パレードとかもあるし……楽しいよ……きっと……多分……と、あまりのノーレスっぷりに心が折れて主張がもごもごとフェイドアウトしていった。やっぱり男の子だからミッキーとかはあんまり興味ないのかな。じゃああれだ。

「それか、富士急ハイランドとかは？　めちゃ怖いジェットコースターとかいっぱいあるんだよ！」

　またも全員返事なし。見かねたトンが申し訳なさそうな感じで、

「ミナトは乗り物酔いするんだよなあ。だから遠出は無理かも」

　それに乗るかたちでミナトも、

「ないわ〜」とひとこと。

「ないわハウス！」マルちゃんがミナトに続いて言う（ダイワハウスとかけたオリジナルギャグらしい）。

「え、そうなの？　車がだめってこと？　電車なら？」

「電車も無理」

　マルちゃんも続く。

「ていうかー、出かけるのとかめんどい！　家がいちばん」

　夢は早々に打ち砕かれた。子どもって遠出とか喜ぶものかと勝手に思ってた。新しい体験をしたりしたくないのかね。もしくは友達がどこかに連れて行ってもらったとかいう話を聞いてうらやましくなったりはしないのか。でもトンが出不精だったら、子どもも「それがいいんだ」って思うものなのかもしれないな。

家でいつも暴れまくっているのは、思いっきり遊んでいないストレスによるものなのではないかと勝手に解釈していた。しかし少なくとも意識上では外で思いっきり遊びたいというわけでもないらしい。

とにかくデカイ提案は敬遠される。私は子どもたちが何なら食いつくのかを探りまくった。そしてついにお出かけ案がはじめて採用された。行き先は自転車で15分ほど行ったところにある「くら寿司」である。くら寿司の子どもウケがすごいという情報を入手し、もしかしてこれならイケるのではないか？　という手応えを感じていた。彼らももともと回転寿司は好きらしいが、くら寿司には行ったことがないらしい。

「くら寿司は、食べ終わったお皿を入れる穴みたいなのがテーブルにあって、5枚入れるとガチャ1回できるんだよー！　あと、お刺身だけじゃなくてハンバーグとかコーンのお寿司もあるし、ポテトとかチキンもあるよ」

という誘い文句でついに子どもたちの興味を引くことができたのである。

「自転車で行くの？　ならいいか。サーモンあるかな」

「あるある、サーモンめちゃめちゃある」

「俺がみんなの分もガチャやる！　ね、いい？　いいでしょ？」

「うん、マルちゃんお皿入れる係ね！」

くら寿司行きが決まると、さっそく私は次の週末にそなえてアプリで席を予約し、自転車で行きやすい道を確認する。

でも自分で決めておきながら思った。そんなに遠くまで、行けるのだろうか？

はじめて子どもたちと外の世界に出るような気分。日が暮れ始めて、うす青の空に金星が輝いていた。自転車4台の旅。それぞれが漕ぎ出し、バラバラになったり近寄ったりする。私は自分でも不思議なほど、子どもたちが車に轢かれないか心配で、きちんとついて来れるのかが心配で、列のいちばん後ろについて3人の走る姿をハラハラしながら見守った。生まれたての子猫をかごに入れてはじめて外に連れて行くときはこんな気持ちだろうか。

彼らは乗り慣れた様子ですいすいと自転車を漕いだ。そうか、そりゃそうだよね、もう5年生と2年生なんだもんな。なんでそんなふうに思っていたんだろう。そう頭では理解していても不安で、とにかく彼らが事故にあったり怪我をしたりしないように見守らなければ、というような気持ちに囚われた。

ちがう。生まれたてなのは彼らではなくて、私なのだ。だからこんなに不安なんだ。でも走れている。どんどん空が暗くなる中でいっしょに自転車で走っていると、彼らとの距離が少し近くなったような気がする。歩道橋を渡り、高架をくぐり抜け、いくつもの信号を渡りながら。

くら寿司の予約時間よりかなり早く着いたので、同じショッピングモールの中にある100円ショップに行くと、突然トンがバラエティー番組のような企画を通達する。

「ひとりずつ、これは面白い！　と思うものを5個買って、あとでくら寿司で発表大会しよう。お金渡すから、他の人に何を買ったかバレないように各自で買って集合な！」

かけ声とともに、みんなで広い店内の方々に散って、ウケそうなものを物色する。パーティーグッズコーナーはすでに子どもたちが先回りしていて、追い出すようなジェスチャーをするので仕方なく、ペット用品やお菓子コーナーでいいものがないかを探す。通路などで出くわすとお互いカゴを見られないように大げさに隠す。買った商品をそれぞれビニール袋に入れて店の前で再集合し、くら寿司に向かった。

せまいテーブル席で、寿司も取らずにみんなが買ったものを1個ずつ取り出す。そのたびにトンと私の2人で場を盛り上げる。おもちゃのピストル、うんこの形のお菓子、やたらと長いガム、ゾンビのお面。ひとりずつお面をつけて記念撮影をして、ひと盛り上がりし終わったところでやっとお寿司を注文し始める。ミナトは狂ったようにサーモンばかりをオーダーし、マルちゃんはあいかわらずしゃべったりふざけたりするばかりで最初の1皿さえもなかなか食べないで、人の食べ終わった皿を回収することに燃えていて、大騒ぎだった。でもファミリー向けのお店の中は満員でかなりにぎやかだったから、騒いでも目立たず、誰からも怒られなさそうで安心した。

　騒いだあとの帰り道は、海かプールにでも行ったときのように、心地よい疲労と、抜けきらない楽しさの余韻が入りまじって、張り詰めていた気持ちが自然とやわらいでいた。

「パパー。パパー。なんかだじゃれ言ってよ」

「突然すぎるだろ！　えーと、じゃあねえ……『猫がねころんだ』！　はい、次マルちゃん」

「えー、俺はねー、俺は……んー……『うんこ食べたいな！』」

「全然だじゃれじゃないじゃん、だめ！　不合格！」

「あ、僕ある」

「じゃあ、はい、ミナト」

「『ふとんがふっとんだ』」

「いいね！」

「はい次、花田さん」

「えっ、やばい、何もない……うーんうーん……あっ！　行きます。『父さんの会社が倒産』」

「とうさん？　つぶれたってこと？　うーん、どうする？」

「うーん、まあアリ」

「よかったー」

「じゃ、次ナシなの言った人の負けね。はい、マルちゃん」

「いいのあった！　えーとね、『カエルが帰る』！」

「いいじゃーん」

「いいねいいいね」

「あ、僕すごいのある！　あーこれ言ったら負けちゃうかもなー、負けちゃうなー」

「え、なになに」

「どういうこと？」

「負けちゃうかも……。じゃあ言うね。『はい、僕の敗北です』」

「ん？」

「お⁉」

「なに今の。すごいじゃん！　もうこれミナトの優勝じゃない？」

「今の前フリがよかったね。じゃあ、ミナトの優勝で！」

「よっしゃー！」

車がほとんど通らない、無駄に広い通りを、4人で自由に広がりながら漕いでいく。もう何も怖くなかった。月が頭上までのぼっていた。

第4章

迷いと不安と鬱の春

船出の日は曇り空で

ついに新しいお店のオープンの日が来た。けど心は暗澹《あんたん》としていた。

会社の偉い人が来て「いい店になったね、たくさん人が来るといいね」と笑顔で声をかけてくれるけれど、うまく笑えなくて、「そうですね」となんとか声に出すのがせいいっぱいで、うつむいてしまった。

出勤しているスタッフ全員で、うれしいような怖いような気持ちでレジの中に集まる。

店が入っている施設のオープンの音楽が流れるのと同時に、エスカレーターを駆け上がって来る人が何人もいる。

え、わざわざ？　いや、そんなはずは、と考えていると、店に走りながら入ってきた人のひとりから「サイン本はどこですか？」と殺気立った雰囲気で聞かれる。「えっ、サイン本はあちら……」と、こちらが答え終わる前に走り出す。他の人たちもその方向めがけて走り出し、その場所に人が集中した。植木鉢が割れる音がして、みんながざわついた。

サイン本を取り合っているようだった。

　オープン施策のひとつとして、人気のある漫画家さんのサイン本を用意していたのだが、そんなに取り合いになるような本だったとは。スタッフの子がほうきとチリトリを持ってレジから飛び出す。本が入手できなかった人から「朝から並んでいたのに足の速い人に抜かされて買えなかった、もっと購入方法を考えて」と別の社員が言われている。

　おそるおそるレジに入るが、とにかくレジも煩雑《はんざつ》だ。ポイントカードがふたつあって、それぞれに端末が違い、ゴールド会員、プラチナ会員、予約ポイント5倍、Ｗポイント、クーポン割引、クーポン値引き、シャンテ商品券、ポイント利用……と無限にややこしい案件があり、「ポイントカードをお持ちですか？」と聞いておきながら、渡されると「このポイントカードはどこに通すんだっけ？」と固まってしまう始末。私はみんなが研修をやっていたあいだも本の発注や本棚作りに追われていたので、スタッフの中でいちばん知識がない。私がレジ操作につまずいても、まわりのスタッフもどうしたらいいかわからなくてオロオロしてしまう。

　電話もたえず鳴っていて、怯えながら取ると「〇〇の初回限定盤ってまだ予約できますか？」と聞かれ、たぶんＣＤかＤＶＤの話で、〇〇はアーティスト名なのだと察するが、なにしろこちらが知らなすぎておそらくその人にとっては「知ってて当たり前」の有名アーティストなのだろうが、聞き取ることができない。

「ニズワ？　ミズワ？　ですか？」

「いや、違います、ニズワです」

「ニズワ？」

「違います！」

「あの、アーティストのつづりをお伺いしてもいいですか？」

「はっ⁉　つづりって⁉」

「えーと、アルファベットを……」

「アイ、ゼット、ほし、オー、エヌ、イー、でニズワです！」

「イズ、ワン……でしょうか？」

「だから何回も言ってるでしょ、そうですよ！」（正解はアイズワン）

　電話をなんとかＣＤの予約のことがわかる社員に引き継いでもまたすぐ別の電話が鳴る。また同じような電話で、自分にできることは何にもない。自分のすぐとなりでは、新しくポイントカードを作りたいというお客さんにスタッフが携帯画面を見ていっしょに操作しながら進めているが、エラーになってしまうようでお客さんがイライラしている。

「なんか怖い雰囲気ですね」

　学生バイトの子がぼそっとつぶやく。

「うん……」

私、この店の店長なんだよ。こんなところで働けるのかな。全然ハッピーじゃない。怖い。

目の前でまた電話が鳴り出す。私は数秒間鳴っている電話を見つめて、誰も私を見てないことを確認してから、受話器を一瞬だけ上げてこっそり電話を切った。もう鳴らないでくれ。

逃げるように売り場に出ると、知った顔の人に出くわす。出版社で営業をしている、顔なじみの人だ。

「おめでとうございます～！　いや、盛況ですねえ」

「ありがとうございます」

「なんだかお疲れ？　休んでないんじゃないですか」

「いや……まあ」

「いいお店ですねえ～」

「ほんとですか？」

真顔で聞き返す。

「ほんとにいいお店だと思いますか？」

「どうしたんですか」

「もうやめたいです」

「どうしたんですか！」

気分が落ち込んでるのは、今日のオープンの件やレジができないことや電話を切ってしまったことだけではなかった。店は何とか形にはなっているけれど自分の目指す完成度からはるか遠かったし、パン屋の本屋のときと比べて、全然自分の店って感じがしない。

会社の人たちとコミュニケーションがうまく取れていないことも不安要素になっていた。プロジェクトに入ってからずっと、ほんとうに同じ「店」を目指していると思えない食い違いみたいなものをずっと感じていて、日本人とアメリカ人とで、フランス語で書かれたインドカレーのレシピを見て力を合わせてひとつの料理を完成させようとしているような、そんなちぐはぐさがあった。

ひとつの店を始めるってここまで大変なことだとは。

ＣＤ屋が元である彼らの常識は、私にとっては受け入れがたい非常識だし、私が本屋の当たり前のことをしようとしても全然理解してもらえない。賛成とか反対とかいうレベルじゃなくて、知らない国の言葉を聞いたみたいな反応をしている。

そういうチームなのだから、だから自分がいるのだから、と思っても、話が噛み合わない、こちらの要望を理解してもらえない、会社の人たちがどうしたいのか耳を傾けているのにさっぱり理解することができない。みんなで力を合わせて、なんて夢なのか。

　会社の中に入って新業態を立ち上げるということは、大きな船に乗っているようなものだと思う。皆が同じ目的や同じよろこびを持って乗っているわけではないし、自分もただの乗組員のひとりなのだ。そこで「あ、もうちょっとこの船左に曲がってほしい」と思っても動かすのは並大抵のことではない。共にこの店の目指す方向を模索する仲間でありながら、意思の疎通が難しいあまりに苛立ってしまうことも度々あった。会社の人たちは「いい人」ばかりで、真面目に取り組んでくれていることがわかるだけにますます自分がクレーマーのように思えてなす術《すべ》がなかった。


　そんな自分を支えてくれるものがあるとすれば店でいっしょに働いているスタッフたちとのやりとりだ。過剰な労働はほんとうに憎むべきものだけど、まったく先の見えない本屋をいっしょに苦労して作り上げていると、ただ普通にいっしょに働いているだけでは生まれないような特別な連帯感が生まれるのもまた事実だ。残業や休日出勤やさまざまなトラブルを乗り越えて、くったくたの疲労感の中で、そんなつながりは深まっていった。

　棚に手を入れてもっと売り場をよくしたいし、それが私に求められている仕事なんだと思うけど、棚に手を入れる仕事ができるくらい余裕のある状況にたどりつくことが、まず限りなく困難なのである。

シンクに溜まった洗い物を3時間くらいかかって片付けないと料理を始められない、みたいな状況にすごく似ている。そしてやっと片付いた！　って思って振り向いたら今度はガス台の上にも山積みの洗い物がある、みたいな状況なのだ。

この事実をちゃんと受け止めたら絶望しそうになる。

というわけでまずは一度何もかもをあきらめ、生きてるだけでえらい、オープンしただけでえらい、と無理やり自分を鼓舞《こぶ》し、「あれもないしこれもできてないしやばいですよ」と焦るスタッフに「生きてるだけでいいんだよ」と謎のスピリチュアルカウンセラーか相田みつをのようなことを言って回る。

店長としてこれでいいのかと思うが、すぐに解決するのは不可能な問題ばっかりだし、まあ優秀で完璧なリーダーというようなものからはほど遠いのだからしょうがない。

社員4人がかりで2時間もかけてレジ締めをして、激動の一日が終わる。何だってレジ精算というものはこんなにも合わないのか。直しても直してもなぜかまた別のところがずれていくのだ。

それでも閉店後のしんとした店を眺め、いっしょに本棚作りをしているスタッフと「ここけっこう見てくれてる人いたよね」「写真撮ってくれてるお客さん多かったですよ」「店が落ち着いたらこの棚作り直したいね」「そうですね……ここはやばいですよね」「こっちはいいよねー」「この辺はかわいいですよねー」と話したりしていると、心がなごんだ。半分は、自分への慰めであり、言い聞かせであり……未来を見なければやっていられない。

何のためにやっているんだろう、って、いろんなことを考えすぎるとたんに心がどす黒い渦に持っていかれる。お客さんによろこんでもらう、わーって言ってもらう、いい本と出会えたな、本が読みたくなってきたな、あの店にいた時間は楽しい時間だったな、って思ってもらうことから常にぶれないようにしないと、もうこの船から放り出されそうだ。

それは慈善事業や仏のような心ではない。それしか自分にはできないし、そういうやり方で人とつながるしか、自分が立っていられる方法がないからだ。

次の日もレジに立つ。ああ、また昨日みたいになったら嫌だなあ、って思っていたけど、レジを打っているとなぜか恐怖心が消えていた。あれ？　ポイントカードも、昨日は無限にややこしいものに見えていたけど、仕組みの全体像が見えてくるとそんなに難しいことはない。あれ？　レジできるようになってるじゃん。あれ？　すごい。なんかうれしい。レジできる。やったやった。

電話もそれほど怖くなくなっていたし、書店経験者のスタッフがみんな同じ思いなのを知ってちょっとほっとした。

「とにかくＣＤの予約系の電話が怖いですよ……予約したいんですけどー、って言われただけで汗が出ます」

「わかるよー……本って予約はあんまりないしね」

横からＨＭＶ出身の社員が入ってくる。

「俺は本の問い合わせのほうが難しいけどな、だってカスタマーオーダーで検索してもイニシャルも出ないし」

「うん、だから私たち本屋組の苦悩はまずこの会社のシステムが本の客注とか検索と全然噛み合ってないことなんだよ。イニシャルって何なのよ」

「イニシャルはイニシャルでしょうよ」

「これですよ。っていうか多分『客注』っていう言葉の概念も、本屋組とＣＤ屋組で違うんですよね」

「そうなの？　俺は俺でもう本屋に転職したんだなって気分だけどねー！　さっきもお客さんに『東野圭吾』って書いてあるメモ見せられて『あずまの？　ひがしの？』って聞いたら『知らないんですか？』って呆れられたけど、それ、有名なアーティスト？　つらいわー」

「だからアーティストじゃなくて著者って言ってくれないかな」

「はいはい。あと、雑誌につけるノベルティーは『特典』じゃなくて『付録』って呼ぶ、と。それは覚えた」

「そうだよね、そんなんばっかりだよね。お互いつらいよね。でもなるべくていねいにがんばろうね……できないことはできないし」

　店の名前でエゴサすると、そんな我々の姿をそっくり写し取るように「日比谷コテージ、店員さんはいい人なんだけど、探してる商品が検索機では在庫ありなのに全然見つからなくてめちゃ待たされた」と不満が書き込まれていた。そのレベルのことなら1日に数十件の単位で起きていた。


　でもＳＮＳの反応はそればかりじゃなかった。関係者でもなんでもない人が「日比谷コテージすごいいいお店だった♪」「楽しかった」「また行きたい」「お気に入りになりそう」「好きなものに囲まれて幸せ」などと挙げている。え？　ほんとに？　なんで？

　誰かにお金もらったの？っていうくらいほめられている。ピンクの表紙の文庫を集めたコーナーや、擬音語や擬態語がタイトルに入った文庫のカバー全体を隠し、擬音語が書いてある部分だけを切り抜いて見えるようにした企画のコーナーなどは特によく取り上げられていた。疑心暗鬼になりすぎていて、知り合いの褒め言葉は信じられなかったので、ＳＮＳで無関係な人が書いてくれていたことがほんとうにうれしかった。うれしすぎて、「日比谷　本屋」「日比谷　書店」「シャンテ　ＨＭＶ」など思いつく限りの単語の組み合わせでエゴサをしまくった。

もっと自信持たなくちゃ。敬愛するブックデザイナーの名久井《なくい》直子さんが作ってくれたお店のロゴやブックカバーも、利光春華《としみつはるか》さんの装飾も、気取りすぎてない内装もほんとうにいいもので、まずこのプロジェクト自体が会社として決議されてるってことがそれだけですごくて、私がひとりじゃできないような大きな舵取《かじと》りをしてくれている人たちがいて、私ひとりでは動かないような大きい船が動いているのだ。

その中のひとつの駒として、自分が最善を尽くしたゾーニングやテーマや選書も、まだだめなところがいっぱいだけど、ちゃんとやった分については届いてるのかもしれない。岩にぶつかってボロボロになりながらも船は進んでいたのだ。

もっとちゃんと進めていこう。今が１００点じゃなくても、評価に見合う本屋になるように。それを先導するのは自分しかいないのだから。

答えられなかったままの問い

春が来てミナトは6年生に、マルちゃんは3年生になった。私たちの「週末家族生活」は変わらずに続いている。

4人で家で昼ごはんを食べていたときのこと。ミナトが唐突に話しだした。

「パパー。ホシノがさ、親の財布から金、盗んでるんだよ」

ホシノとは、ミナトのクラスメイトであり、よく遊んでいる友達のひとりのようだ。

「それでさ、デュエマのトレカを買いまくってる」

「えっ、そうなの？　なんでミナトは知ってんの？」

「ホシノが自分で言ってるから」

こういう話を聞くこと自体がはじめてで、どう対応していいものかまったくわからなかった。会話に参加していいのかさえ。というわけであえて核心にふれないような質問をする。

「いくらくらい盗んでるんだろう」

「さあ……でもけっこうたくさん。10万円とか？」

「えっ……けっこうな額だよ。それ、親が気づかないことあるかな？」

「どうなんだろうなあ。普通なら気づくと思うけど。でもホシノくんちはけっこう金持ちなんだろ？」

「うん、たぶん」

「気づいてて黙認してるのかな？」

「言ったほうがいいのかな」

「誰に？　ホシノくんのお母さんに？」

「わかんないけど」

　こんな問題のことを考えたことがなさすぎて、言ったほうがいいよ、とも、言わなくていいんじゃない、とも、言えなかった。でも、いいとか悪いとか言い切れない、どうしたらいいかわからない問題にいま直面していて、こうして意見を求めているのだということだけはわかった。でもいい言葉が見つからなかった。

「うーん、でも、言うとしても、親が出ていくっていうのは違うような……。いや、親が言ったほうがいいのかな？　トンはホシノくんのお母さんと仲いいの？」

「いやあ、挨拶する程度だなあ、顔はわかるけど」

　なんとなくもやもやした空気の中、別の話題になってその話は終わった。

　なんて言ってあげるのが正解だったんだろう。会話が終わってからも、せっかく投げてもらったボールをキャッチし損ねてしまった気がしてもやもやした。

「それはいけないことだから親と先生に言おう」でも「ミナトがはっきりとホシノくんにやめろって言うべきだよ」でも「その家の問題だから放っておけば？　そのうちバレるよ」でもなく、私が言いたかった言葉があるとしたら……。

　多分それは「ミナトはどうしたいの？　どう思うの？」ということだった。

　友達の行動をやめさせたいのか、心を痛めているのか、それともお金を盗んでもバレない環境をうらやましく思っているのか、バレて怒られればいいのにと思うのか。感情はわかりやすいひとつの答えじゃないと思うけど、気持ちを聞いてあげればよかったんだなあと思った。

だけどそれって親という保護者の立場だとしたら、11歳を大人として扱いすぎなのだろうか。個を尊重するような私の考え方は子育てには向いてないのかもしれない。

「それは絶対にいけないことだよ。もうこれ以上ホシノくんがそんなことをしないように、私からホシノくんのお母さんに電話で教えておくよ。それに、ミナトが言ってた、ってホシノくんには言わないようにってこともきちんとお願いしておくから」

っていう言葉こそがミナトが欲しかった答えで、正しい親の姿なのかもしれないと思う。だけど私はその言葉を多分ずっと言えない気がする。

今度同じ状況が来たら、ミナトに「ミナトはどうしたいの？」ってちゃんと聞こうと思う。でもあのときに言えなかったことはもう取り戻せない。子どもへの接し方は、その場の瞬発力が大事だ。あとから思いついてももう遅い。こういうときのために、普段から、たくさんたくさん「こう言われたら、こう答える」というパターンを考えておかなくちゃいけないのかもしれない。

そういえば、南海キャンディーズの山ちゃん（山里亮太《りょうた》さん）も著書の『天才はあきらめた』という本の中で「いろんなつっこみができるのは、才能じゃなくてひたすら努力しているから。こう言われたらこう返す、とパターンを何百通りも予想して前もって考えている」と言っていて心を打たれた。まずは山ちゃんの100分の1くらいでも努力するようにがんばるしかないか。

親じゃないけど教育しなきゃ

子どもたちに与えられるものはなるべく与えてあげたいと思うのだけど（せっかく知り合った縁だ）、何が正しいことか、何を教えるべきなのか、私には教育がわからない。たとえば子どもたちは挨拶をしない。お礼を言わない。ジュースを冷蔵庫から取ってあげてもありがとうとは言わない。特にミナトは意識して言わないようにしているのを感じる。

私は挨拶やお礼は言うことができたほうが「この子たちのために、いい」んじゃないかと考える。「取ってもらったら、その人にお礼言わなきゃだめだよ」って言うのは簡単なんだけど、そんなの教育すべきかなあって悩んでしまう。言いたくないなら言わなくてもいいんじゃないかなあと思ってしまうのだ。

「いや、将来この子たちが苦労することになるから、言えるようにさせなきゃ」って思ったりもするのだけど、私は誰かからそんなことを頼まれたり望まれたりしていただろうか？　と我にかえってしまう。

子どもを不幸にして、ズタズタに傷つける親のほとんどが「こうしたほうが子どものためになる」と思って自分の考える「良さ」を押し付けることから始まっているような気がする。たとえばたくさん勉強させること。こんなゲームばかりしてたらだめ、もっとこういう本を読みなさい、と言うこと。心配になることはたくさんあるけど、子どもを思い通りにしようとしたらキリがない。自分の理想通りにする子育ても楽しいのだろうけど、私は怖くてできない。

通りすがりのわけわからん大人にできることは、まあ、とにかくほめることだ。「ほめ」は間違いないだろう。「これができないと大人になったとき困るよ」は、出すぎた真似な感じがする。

いや、だとしても挨拶くらいは「しなきゃだめだよ」と言うべきか。結局のところ、言わないいんじゃなくて子どもに嫌われるのが怖くて言えない自分がいるのだ。

通りすがりの人間でさえ、こうして、教育とは何かを考えざるを得ない局面に立たされるのである。教育方針はなるべくトンに任せたい。私が口出しするのはかえって混乱を招きかねない。とも思うのだが、あれ、やば、これってほとんど育児に参加しない、土日に子どもと遊んで育児した気になってるお父さんとほぼ同じ語り口になってるじゃん。たしかにこの程度の関与で育児は語れてしまうし、これくらいの関与レベルで「子どもはかわいい」って、私も心から言えるし。「子どものことは妻に任せてるんです」って、そんな態度でいいのかな。もちろんそれはそれぞれの家が決めることだけど。あと私がトンに任せるのは当たり前だし。なに横並びになろうとしてるんだ、って自分を諫《いさ》める。ん？　諫めていいところだっけ？　もう自分の立ち位置がわからない。

育てるってなんだろう。すごく難しい。育てるほうが、育ててないより偉いのかな。

しかし、それでも「教育」に無理やり立ち向かわされるときがある。

マルちゃんはとにかく中指を立てるファックサインが最近好きで、それを家の中でやっている分には無視していたのだが、その動きが超気に入っているらしいマルちゃんは、ついに外に出ても、道端に座り込んで寝ている（？）人を見つけた途端、その人に向かって中指を立て、超高速で腕を上下に動かし始めたのである。

「ちょ、ちょ、ちょっとやめて」

思わずマルちゃんを羽交い締めにして止めた。マルちゃんはきょとんとしている。

「なんで？」

「うーん……」

難問だ。なんでだろうなあ。

「日本ではまあそこまででもないけど、外国だとシャレにならないんだよその動き。ほんとうにすごく怒らせたり嫌な気持ちにさせるかもしれないの。だから同じクラスの友達とお互い楽しくやってるだけならまあいいけど、知らない人は、外国の人かもしれないし絶対だめ」

「ふーん……あっそ」

この説明も不十分すぎてどうかと思ったが、案の定マルちゃんもまったくどうでもよさそうな返事だった。まあ、こんな説明で響きはしないだろうなあ、と思ったし、でもこの先もこういうことたくさんあるだろうなあ、と思うと辟易《へきえき》する。でも、そのときだってまた、こんなふうに言わざるをえないだろう。

他のすべての大人の人たち、教育ってどうやってやっているのだろう。みんなはゼロ歳のときからやっているからマリオの1面から始めてるみたいなもので、操作方法も慣れたものかもしれないけど、こっちは突然6面くらいからのスタートで、ルールも操作方法もまるでわからない。

ところが別の日、マルちゃんが、

「あのさあ、外国の人にこれやったらどうなる？」

とファックサインを出しながら家で不意に聞いてきた。覚えてたんだ、この前言ったこと。それで自分でもう1回考えてるんだ。

すごいじゃん！　え！　これが教育！

そっか、こうやって聞いてくれるのか。だったら親も言おう、って思うかもなあ。知らなかった。そうなのか。

「んー？　すごい怒る。それかすごい嫌な気持ちになる。馬鹿にされたって思って悲しくなるか、怖い人だったら殴りかかってくるかも。あ、あと日本の人でも嫌な気持ちにはなる」

人にファックサインなんか出したことないから知らないけど。多分。

「そっかー、そうなのかー」

マルちゃんは自分の立てた中指を見つめながら不思議そうな顔をしていた。

コンビニまで、2人の夜中の散歩

彼らと過ごす日々の解像度は上がり、ミナトとの関係とマルちゃんとの関係に差がつくようになっていた。マルちゃんは私に明らかになついてきて、それまでにはなかった言動で私に好意を示すようになっていた。

金曜日、家に帰る頃になるとマルちゃんからＬＩＮＥが来る（ミナトもマルちゃんもスマホは持っていないが、家のWi-Fiでふだんゲームに使っているタブレットからLINEを使えるのだ)。

「花田さん今日は来ないの？　泊まらないの？　泊まりに来てよー」

マルちゃんの強引な誘いに、「じゃあそうしようかな」と答えることもたびたびあった。

家に行くと、

「ああ、マルちゃんが誘ってくれたの？　そりゃグッジョブだね」

と、トンはそのことを知らなかったようで、私はまるで部室にでも遊びに行くような感覚だ。

「だってさ、花田さんが来ると遊べるしさ、早く寝なさいってあんまり言われなくなるしさ」

なつかれるとやはりかわいさは倍増する。

「それにさ、花田さんが来てから、パパは明るくなったよね」

「えっ、そう？　俺は変わらないよ」

「変わるよ！　前はネクラだった」

たしかに、子どもから見たらそんな変化もあるのかもしれないなあと思う。

対してミナトは基本的にパパだけにべったりで、「6年生ってこんなに子どもっぽいものだったかなあ」と思うこともあるくらい、しょっちゅう座っているトンの膝の上に乗ったり、寝ているトンの上に乗ったりしている。

　私に対しては、おちゃらけたり、いっしょにゲームをして盛り上がったりもしてくれるときもあれば、どこかで一線を引いているような、「絶対に服従しないからな」という意志を感じることもときどきあった。ましてや異性の自分に「なつく」という姿はまったく見せなかった。

「マルちゃんはともかく、ミナトは内心では私にあんまり家に来てほしくないと思ってるんじゃないかなあ」

　前述のとおり、聞いても無駄なのかもしれないが半分はひとりごとでトンに言う。

「いや、ミナトのあれは、最近俺にもなんだよ。なんだか急に始まっちゃってさ。話しかけても返事しないとか、『知らない』『わかんない』『べつに』みたいな感じばっかりだったりしてさ」とのことで、それは私に対してのものだけではないらしかった。ちょっと安《あん》堵《ど》。とはいえさびしくもある。

　もともとマルちゃんは人に話しかけることが得意で、むしろ際どい質問をぶつけてきて私たちがどんな反応をするか見たがるところがある。家に遊びに来た友達に「パパの彼女でございまーす」と私を紹介して部屋にいる全員を凍りつかせたり、クーラーの修理に来た人がいる前でわざと「パパって童貞？　童貞でしょ？」と聞いてみたり。いろいろ問題も多いが、人なつっこくてコミュニケーションしやすいのだ。対して、ミナトは基本的には常にちょっと離れた場所で傍観者の立ち位置をとって、こちらの様子を伺っている。

　そうして、離れたいのかな？　距離を置きたいと思っているのかな？　とこちらも特にかまわずに様子を見ていると、ときどきは、

「なんか4人みんなでできる新しいゲームないかなあ」と皆に聞こえるように言っていたり、「花田さん、今度また天ぷら作って！　芋とり天多めで」と言ってきたりして、つかめないけど、揺らいでいる気分を含めて、自分でちょうどいい距離を調節してくれているのかもしれない。

　それでもミナトを除いた3人でばかりコミュニケーションが深まってしまっていいのだろうかという迷いもある。たとえば休みの前の日の夜遅くにコンビニに行くのは、3人の恒例行事と化してしまっていた。でも無理やり連れて行くというのも変だし。

　そうなると、ミナトのことをじゃまと思っているわけではないよ、という意思表示はどうしたらいいのかというのが次の問題だ。

　手っ取り早くできるのは、食事のときにミナトの好物を優先して作ることだ。とりあえず何にでもチーズを入れるか、クリーム系のものを作るか、サーモンの刺身を用意すれば

いいので簡単ではある。

しかし「昼ごはんどうする？」ときいて、

ミナト　　「カルボナーラ」
マルちゃん「たこ焼き！」
トン　　　「そうねえ、うどんとか」

とアンケートを取ったあげく、じゃあたまにはカルボナーラでも作るか、などと露骨なことばかりやっていると、

「ミナトの言ったやつばっかり！　ずるいよ！」となってしまう。

はっ、もしかして……。どこの家でもお母さんがやたらと長男の機嫌を伺ったり長男ばっかりひいきしているように見える現象の正体はこれか……？

普通の家の「家族あるある」を、試食スプーンでひとくちずつ味見するように、この数か月でひととおり駆け抜けている気がする。

ある日、動画を見たりゲームをしたりそれぞれが好きなことをしている時間、私は本を読んでいて、トンがベランダにタバコを吸いに行って、ミナトがお風呂に入りに行って、

2人になったタイミングで、押入れのおもちゃを引っ掻き回していたマルちゃんが、

「花田さん！　これ何？」

と神社でもらうような木札を振り回しながら聞いてきた。

「ん……お札《ふだ》じゃない？」

私はちらっと見ただけで本に視線を戻しながら答えた。

「みなさん！　これが伝説のダイナマイトちんぽです！」

とそれをまた股間に当てながら遊んでいるので、

「ええっ!!　これが伝説の…!?」

と雑にリアクションしたあとは放置して本を読んでいたら、それを面白くなく思ったマルちゃんが「ちんぽ！　ちんぽ！　しこしこー」と言いながら近づいてきた。人の顔のそばで股間に立てた木札をこする動作をしてきたので、さすがに教育としてマルちゃんに悪意がなくともセクハラになりうる過度に性的なネタには、あえて少しキレておいたほうがいいのではないかと考え、

「うるさいよ」

と言って手と木札を強めに払いのけた。すると思いのほか強く手が当たり、木札がかなりの飛距離で飛んでいった。マルちゃんはあからさまにびくっとなって様子を伺っている。

やば……と思いつつも、いや、しかしここはあえて怒る作戦だったし、と思いとりあえ

ず、

「顔の近くでそれやるのやめてくれる？　ムカつくから」

となるべく無表情で言い放つと、

「は……い」

とマルちゃんは明らかにしょぼんとした様子で離れていった。これでいいのか？　これで合ってるのか？　この、そもそもの前提から間違ってそうなこの性教育の行方は……。

もうどこから直していいかわからない。佐々木正美先生に「子どもが木札をちんぽに見立てて顔に近づけてきた場合にはどう対処するのがいいでしょうか」と聞いたら何と答えてくれるのだろうか。答えて……くれるのだろうか。


しばらくして、気まずさを紛らわせるためにマルちゃんをコンビニに誘う。

「なんかコーヒー牛乳飲みたいな。マルちゃんもなんか食べたくない？」

「ローソン？　行く行くー！　つぶグミ買って！」

2人で夜中のコンビニに散歩に出かけた。マルちゃんはほんとうに夜の散歩が好きだ。3人で行くことが多いとはいえ、気がつけば2人だけでも普通に行けるようになっていた。

「さっきさあ……怒ってた？」

「うん。でもごめんね」

「ちょっと怖かった」

「そうだよね。なんか思いのほかお札が遠くに飛んでいっちゃったんだよね。ごめん、びっくりさせちゃった」

「よかった……もう今は怒ってない？」

「うん、怒ってないよ」

あまりにもくだらなすぎる事の発端と、驚かせてしまったのにすぐに謝れなかった自分への恥ずかしさと、下ネタばっかり言ってるマルちゃんの裏にひそんでいる繊細さと、すべてが夜の空にやさしく溶けて広がっていった。

湿気を含んだ春の風が、生ぬるくて気持ちよかった。

つらいときはゲームに逃げ込め

出会い系サイトで出会った人たちのことを書いた本、『出会い系サイトで70人と実際に会ってその人に合いそうな本をすすめまくった1年間のこと』が発売されると、予想外に一気に世間から注目されることになった。ＴＶにも出た。店のオープンについての取材も多かったが、本の分の取材も増えて、さらにめまぐるしい日々が始まった。本の評判はとてもよかった。多くの人が、ただセンセーショナルなネタとしての話題性でなく、自分の人生の問題に引きつけて、本を真剣に読んでくれたのがSNSや読書サイトのはしばしから伝わった。店にもたくさんの人が「本読みました、面白かったです」と言いに来てくれた。すごいことだ。そしてみんな「よかったら私にも1冊……」とリクエストしてくれるので、1年どころか、月に70人くらいに本をおすすめする生活が始まった。まるで会いに行ける書店員。いや、それ普通の書店員か。

　書いてあること自体はもう5年前のこととはいえ、自分をさらけ出して書いた本だから、まるで自分を丸ごと受け入れてもらったようで、それはとんでもないうれしさだった。大きい反響が信じられなくて、受け止めきれなかった。知らない人から、尊敬してます、とか、憧れです、とまで言われるのは、さすがに居心地が悪かった。言葉に嘘はなく、ありがたいことだと思うし、本に書いたことに嘘はないのだけど、聖人君子なわけじゃないし、都合の悪いことは書いてないから、超いい人みたいに見えてしまっているようだ。そう書いた自分が悪いのだけど。

　それでも取材があれば何度でも同じ話を熱を込めて話すようにし、東京だけでなく関西でもイベントを開催してもらったりした。新しい執筆依頼や選書の企画の話も次々にいただいた。まだ少しも落ち着く気配のない新しい本屋の仕事をしながら、さらに新しい執筆の仕事をしてびゅんびゅん飛ばしているとどうなるかというと、たいがいの人が予想するとおり、鬱《うつ》になるか身体を壊すかの2択である。

家に帰ると電源が切れたように布団に倒れ込むようになり、そのうち、本がまったく読めなくなった。面白そうな本が次から次へと出ているのに、読みたいという気持ちが湧いてこない。無理やり買ってカバンに入れておいても全然開く気になれない。あんなに楽しみにしていた新刊なのに。こうして「もっとがんばらなくては、期待に応えなくては、もっと店をよくしなくては」というプレッシャーに押しつぶされ私はだめになってしまうのか。休日の休みの日は力をふりしぼってトンの家に行き子どもたちと遊ぶが、平日の休みは朝から夜まで何もせずに布団にもぐっている。できるのはツイッターを見ることくらいだ。


ちょうどその頃、子どもたちのあいだに「荒野行動」の大ブームが起きた。

「ひさしぶりに焼肉にでも行こうよ！」

食べることは嫌いでも、子どもたちが例外的によろこぶ唯一のメニューが焼肉だった。2人の気を引こうと思ってそうみんなに提案すると、

「無理。今日みんなと荒野行く約束してるから」とミナトがそっけなく言う。

「荒野？　どこの荒野に？」

「いや、ゲームゲーム。なんか最近子どもたちのあいだですっごい流行ってんのよ。もう

帰ってきてから寝るまでずっとだよ。ごはんもゲームが終わったタイミングだし、もう完全に荒野行動中心の生活」

「オンラインで対戦するの？」

「それが、なんかみんなで音声チャットみたいなものでしゃべりながら5人グループとかで戦うみたいなんだけど。いろんな家庭の生活音がまる聞こえ。まさか他の家に中継されると思ってないみたいで。ゲームやってる子がずっと怒られてたりとか」

「花田さんもやろうよ」

マルちゃんがスマホを奪い取って勝手にダウンロードを始める。

「できるかなあ」

「いいから」

私はアクションゲーム的なものはまったくセンスがないので、マルちゃんの指導のもとおどおどとプレイヤーを動かしてみるが、すべてのアクションがぎこちなく、ゲームになる気がしない。

「よし行こう！」

「え、待って、まだデビューは」

こちらの怖気《おじけ》付きなど気にもせず、勝手にチームをマッチングされ、ミナトとマルちゃんと3人の部隊で飛び立たされる。

「え、どうやって降りるの？　わ、どうしよう、変なとこ押しちゃった！　やばい！　えっ、待って、川に落ちたんだけど！」

私の慌《あわ》てっぷりを見て2人は大ウケしている。

「このマップのこの印のとこ来て」

「マップ？　来て、ってどうすれば！　こわいよー！　敵来たらどうしよう」

フィールド上の草むらに隠れてもたもたしてたら車で迎えに来てくれた。なんてかっこいいんだ。ヴァーチャルの世界はすごいな。

「頼りになる！　ありがと～」

その後敵とぶつかり、2人が銃を乱射するはるか後方でもぞもぞしていたら一瞬で撃ち抜かれて自分だけ死んだ。

「どんだけ弱いんだよ！」

いやほんとこういうの無理なんだって。と思ったが、もしかしてこれをマスターすれば仲間に入れてもらえるようになって、もっと2人と仲良くなれるかも？

気分は打越正行《うちこしまさゆき》の『ヤンキーと地元』だ。まず研究対象者の居住する世界に溶け込むことで、彼らに警戒心を無くさせてから彼らを調査するのだ。

というわけで、家で死んでいる時間を練習にあてることにした。ゲームの中とはいえビビりすぎて、「敵が来た！」と思うとすぐに隠れてしまい、闘争心が１ミリもない。ただただ殺され続けて殺され飽きた頃に「もしかして自分からも撃てば生き残る可能性があるのでは？」ということにやっと目覚めた。

そしておそらく同じくらいの初心者と出会い頭にぶつかり、お互いド下手に撃ち合ってはじめて一人を撃破して、うれしくて２人にＬＩＮＥで報告する。

「ついに１キルしたよ！」

「すごいじゃん」

「おめ」

しかし鬱ムーブとバトルゲームの相性のよさは半端なかった。私は練習を重ね、次第にオンライン上の他プレイヤーと遊べるくらいの技術を身につけ、平日の昼間にひとりでプレイするのに飽きると、オンライン上の知らない人とチームを組んでボイスチャットで話しながらゲームするまでの荒野廃人になってしまった。変な人がいるときもあるけど、だいたい知らない人と平日の昼からゲームしようと考えるような人たちだから基本的には礼儀正しくてやさしい。ときどきいっしょになるなじみの人、みたいな存在ができたり、何時間も同じ４人でプレイする中でそれぞれの人生の話をちょっと聞いたりもして、ゲームの中の人間とのやりとりもまた楽しくて味わい深いのだった。現実世界から転げ落ちても、どこにもまた違う世界が広がっている。知らないことがいっぱいだ。「出会い系」のことを書いたのはインパクトがあったみたいだけど、またここでももう普通のことになってるじゃん、知らない人と仲良くすること。

こうやって仕組みを知って、しかもずぶずぶに入り込んでしまえば、子どもが知らない人とオンライン上でゲームで遊んでいるということを聞いてもそんなに頭ごなしに心配したりしなくなる。まあ、自分がずぶずぶになる必要はまったくなかったが……。

本を読む気力はあいかわらず起きなかったが、例外的に山本さほの『岡崎に捧ぐ』だけが異様に面白く感じられて心に刺さって、何度も読み返していた。自分が通常運転のときに出会ってもきっと名作として受け止めたと思うのだけど、ゲームのことを多く描いてることもあって、そのときの自分は一層共感したし、かわいい2人が小学校時代からゲームにハマり、長い時を超えてまだ友情を復活させていく物語に深く入り込んでいった。なぜかそんなふうに特定の状況下でやたらと効く本ってある。

さらに今までは子どもたちがYouTubeのゲームの実況動画を見ているのをうるさいなあと思っていたが、マイナーな実況配信者でいい感じの人を見つけ、その人のライブ配信にも足繁く（?）通うようになった。その人は他のYouTuberと違って、テンション高く声を張り上げたりすることがなかったので、見ていてとても居心地がよかったのだ。いつも配信には50人くらいしか来ていないけど、それくらいの規模だとすぐにおなじみのメンバー感が出て、その人たちとも文字チャットでコミュニケーションするようになった。

私はいったいどこに向かっているんだろう、と思ったが、でもやっぱり新しい世界は楽しかった。本や本屋の世界から離れたいときに別のコミュニティーがあることは、自分を失わずに済む避難所のようだった。

週末にマルちゃんとゲームするたびにこちらのレベルは上がっており、

「え、これ、なんでこんなにレベル上がってんの？　どういうこと？」と詰められた。

「いや、これにはいろいろ事情があって！　でも、ほら、キルレ（キルレベル）はマルちゃんより低いから！　ね！」

なぜか焦って謎の言い訳をする。

そしてゲームをやり尽くして飽きた頃には、また本を読みたくなっていた。

まるで短い旅だったみたいだ。でもとてもいい思い出だ。知らない世界の人たちと、ちょっとだけ交流できたこと。

星野源が、自らのエッセイ『よみがえる変態』の中で、自身が病気で倒れて、活動ができない日々の中で「星野源」のアカウントで発信することがつらく、一般人のフリをしてツイッターに紛れ込んだ話を書いていた。無名の自分でも誰かに話しかけたり挨拶をして関わっていくことで、やりとりをしてもらえるのだと知り、癒しになったという。

知らない人との何でもないやりとりが、自信につながるというのはこういうことだと思った。

第5章

男1＋女1＋子ども2＝家族？

ミナトのお悩み相談室

「ねえ、麻雀やろ」

それぞれが思い思いに過ごしていた土曜の夜、突然ミナトが切り出した。ミナトは最近イヤホンをして音楽を聴いているかゲームをしていることが多くて、こちらからはなかなか誘いづらかったので、久々に誘ってもらったのがうれしく、しかしうれしさを前面に出さないようにつとめて冷静に、

「いいねえたまには」

と答えて、トンにも、

「ミナトが麻雀やろうって言ってるよー」と声をかける。

同時に、何か話があるのではないかなと思った。ミナトは麻雀のとき、話が止まらなくなる。

普段はなかなか会話の時間がないから、麻雀でもして顔を突き合わせることで、それぞ

れがスマホとタブレットから手を離さないと、話ができない気がする。

話せる環境が必要なのだ。私も自分の話を突然することが苦手だから、ミナトのこの感じはわかるし、単純に、この3人に麻雀という共通のツールがあってほんとによかった、と思う。

東2局くらいでさっそくミナトが切り出した。

「最近学校行くの嫌なんだよ」

きた。

「へー、そうなんだ。何かあったの？」

けっこう大きい話かもしれないぞ、と思いながら驚かないようにして聞く。

「うーん」

「ともだち系？」

「うん。……なんかさ、村田とかがすごいひやかしてくる」

「ああー。マイちゃんのこと？」

「そう」

林間学校に行って以来、恋の話がクラスで盛り上がっているらしい。そんなこんなの話題のうち、ミナトがクラスのマイちゃんという子に好意を寄せていることが徐々にバレてクラスみんなの知ることとなり、そのことでミナトは傷心していたが、なんとマイちゃんもミナトを好きだったという展開からクラス公認のカップル（？）となり、上がるテンションを抑えきれずにいたのが最近のミナト氏であった。

ここは否定しない論法でマイルドに近づこう。

「やだよね、そういうの。答えようがないしね」

「そう」

よし。1点。

トンも参加する。

「具体的にどういうことを言われるの？」

「うーん……」

「たとえば、もうキスしたのかよー、みたいな？」

「まさに」

「それはやだね。やめて、とは言ってるの？」

「言ってないけど」

「言ってみれば？」

「……でも、さむくなるのがやなんだよな」

つまり、「やめてほしい」と言うことで場の空気が悪くなったり、ノリの悪いやつ、と思われることが嫌だということらしい。そんなこと気にしなくていいのに、と思うけど、小学生のときってその社会性がすべてだった気もする。

「ああー、空気ね」

「なにマジになってんだよ、みたいな」

「どうだろうなあ。そうなるとは限らないと思うけど、でも空気を壊したくないわけね」

ひたすらカウンセリングのような戦法で共感ベースで聞く。ありがとう、いつか読んだなんかの傾聴の本。

「うん」

「あ、じゃあさ、みんなのいるところではとりあえず流しといて、あとで村田くんだっけ？　2人で話せそうなときに、怒った感じじゃなくて、お願いする感じで『ああいうの言われても照れちゃってうまく返せないからナシでお願い～』とか言ってみるのは？」

　我ながらいい案だ。

「うーん、ちょっとそういうのは無理」

　あ、無理なんだ、そうなんだ……。難しいな。

「それはさ、マイちゃんのいる前での話なの？」

「うん」

「マイちゃんも嫌がってるのかな？」

「笑ってる。けどわかんない」

「聞いてみれば」

「無理」

「なんで」

「話せない」

「どういうこと？」

さらに話をよく聞くと、両思いということになってからというもの、ミナトは生まれついてのシャイボーイっぷりを発揮して、一度も2人っきりで話したことがないらしい。会話や連絡事項はすべて仲介役（？）の世話焼きな友達を通してお互い伝えているという。

「え……でもさ、マイちゃんに嫌じゃないかどうか聞いて、マイちゃんが嫌なら、僕がやめさせるから、みたいのがかっこいいんじゃないのー？」

と冗談半分に言ったが、相手の気持ちを考えて行動する、という選択肢はそもそもミナトにないらしく、自分の恥ずかしさと、クラスの男子たちのあいだで浮かないことが大事なようだ。

それはあまりかっこいいとは言えないんじゃない？　と苦言を呈すべきか迷ったが、やめておいた。これは多分、同年代の友人にすら歓迎されない、求められてもいない持論を語るやつになってしまいそうな気がしたから。犬山紙子さんの『アドバイスかと思ったら呪いだった。』で言うところのクソバイスだ。

それにミナトが「否定された」と受け取ることでミナトに心を閉ざされたらもう話すらきかせてもらえなくなるかもしれない。もどかしくても、その態度が原因でフラれることがあるとしても失敗を見守るしかないのだろう。

でも、マイちゃんを性的に傷つけそうな言動をしていたらやっぱりそれは止めないといけないのだろうか。さすがに相手がいることは、失敗を見守ろうとか悠長なことを言っていられない気もする。

いや、いや、極端に、相手の裸の写真をネットにばらまく、とかしていたら、それは逆さ吊りにしてもいいのかもしれないが、犯罪の域でないかぎりは、恋愛の中で傷つけることも傷つけられることも実践で学ぶしかないような気もするし……。

結局この悩み相談はその後大喜利大会みたいになったあげくに、ミナトがめんどくさくなったのか、話しているうちにそれほどでもないと思えたのか、

「まあ、でも、そんな嫌じゃないのかもしれない。たいしたことじゃないのかも」

と言って自ら回収してしまった。最終的に、思いを伝えられない自分の気持ちを、いかにback numberの歌詞が代わりに表現してくれているか、いかにそれに救われているか、という「back number最高」という話で終わった。

私たちの回答がミナトの期待外れだったのか。それとも話して少しは整理がついたのか。

それともback numberが最高なのか。

誰かを自分の思い通りにしようとすると支配欲で心が汚れて、神経が摩耗《まもう》するからなるべくそう思いたくない。誰がどんなふうに生きてもかまわないよ、と思っていれば無責任で気が楽だ。「正しく教育する」ことと「思い通りに育てる」の違いはなんだろう。美しい魂を持って子育てしている人たちは、何を基準にその判断を下し、実行しているのだろうか。私は今まで恋人とも、結婚していた人とも「私の思い通りに変わってほしい」と思うのが苦手で、「合わないなら別れればいいじゃない」でやってきたから加減がわからなくて難しい。

教育方針は誰のもの

ミナトにちゃんと性教育をしたほうがいいと思うよ、というのが、かねてからの私の持論だった。

「いや、AVとかこっそり見てるだろうし、自然と知るものでしょ、そういうことは」

「それがまずいって言ってるんだよ。そういうものに蓋をして見てはいけないって言ったとしても見るから、見てもいい、っていう考えはわかるよ。でもミナトはどこで正しい情報を知るの？　ＡＶでは避妊もコンドームも出てこないし、女の人が嫌がってるかもしれないとかを知らないまま実際の女の子と対面するとしたら、ミナト自身も不幸な経験をすることになるんだよ？」

「まあねえ……そうなんだけどねえ……面と向かってそういう話をするっていうのも……」

　しかし、フェミニズム的な教育を施したいと考えるのは、私の一方的な正しさの押し付けなのではないか？　エゴではないと、どうして言いきれるのだろうか？　とも思う。差別主義者や性加害者になってほしくない。そう思うけど、それは私のいる社会での最重要事項であり、価値観の違う社会は無数にある。もしかしたらミナトはごりごりの差別主義者のネトウヨになりたい人生だとしたら、それを制限していい根拠はどこにあるのだ？　と思う。教えることはミナトの幸せのためなのだ、と私は１００％信じている。しかし、いい大学に入ることこそが幸せなのだ、と１００％信じて私に押し付けていた両親と、どこが違うというのだろう。

　しかし、理念はともかく、トンの言うとおり、いったいどうやって話す？　というのはとりあえずすぐそこにある問題だ。置き手紙？　スライドショー？　説教式？　ＬＩＮＥでいいかんじの動画のリンクを送る？

「ちょっと電話しない？」

　珍しくそんなＬＩＮＥがトンから届いて、通話すると、小学生たちのあいだで怪しげな出会い系サイトのようなものが流行っていて、それを禁止したほうがいいのかどうか判断を悩んでいる、という相談だった。友達とみんなで家でアクセスしていて、相手が男子でも女子でも「裸の画像を送って」などとベタな冗談として言い合ったりしているのだという。お互い通話時も顔は写らないようにしているらしく、そのあたりは今時のリテラシーなのだけど、と。

　私は普段から思っていたことを伝えた。

「ネットでの出会いにはいいものもあると思うから、それをすべて、見もしないで悪いもののように言うことはよくないと思っていて。ただ、何がだめ、っていう基準は伝えてもいいんじゃないかな。もし私がひとりで育ててたら、性的な加害者にならないようにとは伝えたい。ネットの向こうの女子も同意して裸の画像を送ったのだとしても、あとから後悔する可能性もあるし、拡散されるのでは？　って怖くなることはあると思う。それにみんなでその画像を見て、異性の集団から太ってるとか胸が小さいとか言われたら傷つくと思うし……。遅かれ早かれ廃《すた》れるサイトだとは思うけど、小学生がそういうことをしているサイトだって知ったら、クソみたいな業者が介入してきてロリコンに売りつけるためにそういう画像を手早く集めようとするんじゃないかなあとも思うから、男子でも危ないんだよ、ってことも教えるべきなんじゃないかなあ」

「なんかこれはやめさせたほうがよさそうだな、って見てて思ったんだけど、なんでだめかって言うのをうまく説明できない気がしてさ。自分の中でも曖昧なのに、禁止していいのかな、って思ってその場では言えなくて、でもやっぱり言えばよかったなって思って」

「基準を決められるのはトンしかいないよ。でも全部が正解じゃないかもしれないし、トンも勉強が必要だと思うけど、なんかよくないと思うんだ、っていうのを伝えるだけでも、まずはいいんじゃない？　自由に放っておくことだけが愛だとは思わないよ。全部禁止にするのは論外だけど、それ、やめたほうがいい気がするんだよ、ってアドバイスくらいはしてもいいんじゃないの？」

「うん、言ってみるわ。俺はそういうのをちゃんと考えたことがないから、相談にのってもらえて助かるよ」

とりあえずは、よかった、と思うのだけど、同時にこうやって介入してしまっていいのかな？　ともやっぱりまた思う。これじゃ黒幕だ。他にも、音楽を聴くのに違法サイトを使うことをやめさせようとしたり、教育方針になんだかんだとあれこれ口を出している。

自分の考える理想に引っ張り込みすぎかな、とも思うし、こういう参加の仕方もありなのかな、とも思う。そして、あらためて相談できる相手のない環境でのひとりでの子育て、ってどれだけハードなんだ、とため息が出る。子どもはみんなで少しずつ育てられたらいいのに。でも決定権を持つ人がいないとそれはそれで揉めるか。

しかし、４人でいっしょに過ごす日々がだんだん普通のことになってきてはいるものの、相変わらず自分の中では「母」になる覚悟もなければ、ならないという決断もない。最終的にどうなるんだろうなぁ、と結末の決まっているドラマを見る視聴者のような心持ちでこの生活を眺めている。

「だからあんまりでしゃばりすぎるのもよくないかなって思ってさ」

そうトンに伝えると、

「そんなさびしいこと言わないで」

と言われてしまう。

ドラえもんみたいな存在でいられたらいいのにな。役に立ったり、立たなかったり、でも子どもの友達で味方で、なぜか勝手に家でごはんいっしょに食べてる人。

いや、オバケのＱ太郎だったらもっといい。何しろ何の道具も出さないし、とにかく大食いなだけで役に立たない。あんなふうにただ「居る」ことができたらどんなにいいだろう。

身内からの攻撃

私の「子どもたちとどう関わっていけばいいの？」という疑問と悩みでいっぱいの頭は、役に立つ本だけでなくいつしかママ友を求めるようになった。いや、男の人でもよかったので、ママとも限らない。自身でも育児をしていて、できれば小学生か男の子を育てている人。そういう人で、信頼できそうな人にはかたっぱしから「あの、私、実は今シングルファーザーの人と付き合ってて、子どもは12歳と9歳の男の子なのですが、ちょっと相談してもいいですか？」と聞いて回っていた。

話を聞いてくれる人たちは誰もがみなやさしくて、気が利いていて、「12歳かあ、難しい時期かもね」とか「男の子2人！　それは大変そう」と言ってくれることはあっても「えらいね」「すごいね」とは言わないし、ネガティブな言葉を投げかけられることもまったくなかった。おおらかであたたかい先輩女子の助言はつくづく身にしみた。

「いいじゃん、そういうのこれから増えるよね、家族の新しいかたち」

「そう思うんですけど、全然参考になる本とかないんですよね」

「どういう本を読みたいの？」

「なんかもう、血のつながらない母親のよくある質問まとめました、みたいになってるやつとか？」

「たしかにその本何部売れるんだ、って気はするね。たとえばどういう質問？」

「うーんと、聞きたいことは尽きないんだけど、たとえば、下の子がお風呂上がりにちんこを見せようとしてくるんだけど、見てあげたほうがいいのか、見せちゃだめだよ、って言うべきなのかわからない。私としては自分が性的な加害者になることが怖いんだけど、普通母親は見てあげる存在なわけでしょ？　そういうものを求めているならばここは見るべきかと」

「ははっ！　いや、笑っちゃいけないと思うけど、まじめ！」

「そうですか？」

「そんな汚いものを見せてくるな！　みたいな怒りはないの？」

「怒り？　その発想はなかったかも。だってまだ小さい子どもだし」

「じゃ、いいんじゃないの」

「見る、ってことですか？」

「そんなのどっちでもいいんだよ、多分。わかんないけど、得体の知れないおばさんだと思ってたらやらないだろうし、性的に自分を脅かしてきそうだ、と思ってもやらないだろうし。その子のほうで、花田さんが見ようとしても嫌がってもいいからやってるんでしよ」

「それでいいんだ、って確信が持てないんですよ」

「もっと力抜いていいんだと思うよ。ってそれが難しいからそうなってるんだろうけど。全然ジャンルは違うけど、小さい子に対して消毒とか農薬とか添加物とかすごく神経質なお母さんといっしょなんじゃない？　もちろん何を気にするかはその親の自由だけど、基本的には教育なんて何を気にするのもエゴだし、そのうちいい意味でどうでもよくなるんじゃないかなあ」

「そうですかね……早くそうなりたいものです」

誰かに聞いて、自分の望んでいた答えそのものが手に入ることなんてないのだけど、それでも誰かに話せると、話している途中から、たいした悩みじゃないような、笑い話をしているような気になってくるから救われる。話せば話すほど、ぐらぐらが減っていくから、迷惑にならない程度に、いろんな人に話を聞いてみよう。みんな仲間のようなものなのだから。

そう思っていた。

いとこの真由《まゆ》だけは違った。

同い年で家も近かった真由の家とは幼い頃から家族ぐるみの付き合いだった。真由の母親はよく私と真由を比べ、真由を卑下した。

「ななちゃんは成績いいんだってね～！　私立中学は行かないの？　これからは女の子も勉強できなくちゃね。真由は全然勉強だめなの、今度教えてやって」

「ななちゃんは色が白くて綺麗ね～、真由は真っ黒でしょ、田舎の子みたいよね」

「ななちゃんってそんな字の多い本読んでるの？　頭いいのねえ、真由はゲームばっかりやってて、ほんと頭馬鹿になっちゃうわよね」

　こんな調子で、私への褒め言葉と真由への非難は必ずセットだった。ほめられればうれしく得意になるような気持ちもあり、傍らで下を向いている真由を正視できないような気まずさもあり、これがおばさん流のお客さんへのおもてなしなのかな？　と思ったりして、気持ちは複雑だったけど、どこかで染み付くような真由への優越感もあった。

　数年前に真由の祖母の葬式で再会してから、連絡を取るようになっていた。真由は一流企業に勤める同い年の彼と結婚し、育休を経て、今は小・中学生向けの学習塾で働いているという。この何年かは住んでいる場所も近かったので、まだ小さい真由の子どもを見に、自宅に遊びに行ったことも何度かある。いわゆる「お受験」でいい幼稚園に入園させたりして、かなり教育に力を入れているようだった。

　中学生くらいの頃から気が合わないように感じて疎遠にしていたけど、大人になった真由はとても話しやすくて、意外と本音でやりとりすることもできた。それに、真由自身が両親を「毒親」だったと振り返っていて、「親やばかったよね」といっしょに笑いにして振り返ることで、あの頃感じていた罪悪感を少し帳消しにできるような気がしていた。

「最近どう？　菜々ちゃんは再婚とかは考えてないの？　仕事充実してそうだから、それどころじゃないか」

　田舎から送ってきたりんごを渡したい、と言われて、近所の喫茶店で落ち合う。

「いや、実はね、今シングルファーザーの人と付き合ってて」

　その日も私は他の人にもそう話すように話し始めた。

「そうなんだ……じゃあその人と再婚？」

「うーん、まだわかんないけどね」

「それは……大変そうだね」

「あ、でも楽しいよ！　子ども持つつもりなかったから、子育てを味わわせてもらってる感じ。でもいっしょに住むとかどうなんだろうなあ、って、ちょっと躊躇《ちゅうちょ》してる自分もいて」

「ああ……いっしょに住むっていうのは、さすがにね。やめたほうがいいんじゃない？」

　今まであまりそんなふうに言われたことがなかったので、はっとして思わず真由の顔を見た。

「ん？　なんで？」

「いや～、だって、大変そうじゃん、ほんとうの子でもないのに、責任とれないしさ。だって教育費とかも払うつもり？」

「いや、まだそこまでちゃんと考えてないけど……」

笑ってごまかしながら様子を見る。何だろう、いつもと違う。変な空気が気のせいだと思いたくて、早く空気を変えたくて不自然に明るく話す。

「でもさー、血がつながってなくてもやっぱりめちゃかわいいんだよね、あの、ばしばし子どもの写真撮ってＳＮＳとかに上げまくってる人のこと今までちょっと馬鹿にしてたけど、気持ちわかるな、うちの子がいちばんかわいい、他の子と比べてもどう考えてもいちばんだわー、って思うもん」

どうとでも聞き流せるような冗談めいた話にしたのに、

「それは親の気持ちっていうのとは全然違うと思うけどね。そういう関わり方も気楽でいいね」

と毒矢を放ってくる。

「まあ、そりゃ、ほんとの親と同じ気持ちになるのは無理でしょ、ほんとの親じゃないんだし、そこ目指すつもりもないし」

「いや、なんかさあ、なんかね」

「何？」

「それって死別なの？」

「上の子が5歳のときに離婚したって聞いてるけど」

「え、ありえなくない？　そのお母さん」

「うーん、ありえないかどうかは、その場にいたわけじゃないからわかんないかなあ。いいんじゃない？　もう片方が育ててるんだし。男女逆だったら、めちゃ普通のことじゃん」

なんだか会話に不穏な空気が立ち込めていた。

「これはそのお相手のお子さんが、ってことじゃなくて一般論だけど」

「何？」

「そのお付き合いされてる人は立派だと思うんだけど、最近職場でもトラブル起こす子とか、授業中に騒いだりする子って片親なことが多いんだよね。世の中シングルを推奨するような無責任な意見も多いけど、ひとりで育てるって大変だし、行き届いてないと他の子にも迷惑かかるでしょ？

結局は実家とか、誰かの手を借りないと無理なわけじゃん？　それで、目一杯働いて、保育園とか学童をフル活用したとしてもさ、子どもに十分な時間を割いて日々教育したり、見聞を広めてあげることは無理なわけでしょ？　そんなの、子どもがかわいそう。十分な教育もしてあげられずに、手もかけられないとしたら、何のために産むのかなって」

何を言おうとしているのか一瞬わからなくて言葉につまった。

「シングルで閉鎖的な環境の中で育てるってことはさ、虐待とか放置死につながる確率だって上がるわけでしょ？」

そこまで言われてやっと真由の話を遮ることができた。

「え、待って待って。それはさすがに。シングルのこと、閉鎖的に育てること、虐待死、全部別の問題でしょ？」

「全部の家がそうってことではないよ。でもそういう傾向はあるんじゃない」

「両親がいても閉鎖的で、子どもの虐待を止められないケースだってけっこうあるじゃん。それに両親が揃ってても、夫婦間のＤＶや精神的支配があったら、シングルよりも子どもは傷つくと思うけど」

「まあそれはそうだけど」

「問題なのはシングルなことじゃないよね？」

抑えめなトーンで言ったけれど、内心はらわたは煮え繰り返っていた。

心を落ち着けるために、自分が傷つかずにいられるように、上間《うえま》陽子さんの『裸足で逃げる』を読んだときのやさしい風景を思い出そうとした。沖縄で水商売や風俗の世界に入りながら子どもを育てる若い女性たちのルポ。沖縄に根付く貧困と男女差別の問題を浮き彫りにしながら、その一方で、彼女たちに寄り添う上間さんの言葉と行動は、いつもとてもやさしい。彼女たちは限られた選択肢の中で精一杯生きようとしている。この本を読んだあとでは、どんな人でも「貧乏も、売春も、シングルの子育ても、自己責任。全部自分の好きでやってることだよね？」なんてことは言えなくなるはずだ。

　数秒か、数十秒の沈黙を自然を装って真由が口を開く。

「まあ、そうなんだけどね……あ、そうだ、これ、りんごね」

「……わあ、ありがとう、真由んちで食べるりんご、昔から好きだった」

「これもね、けっこう蜜入ってると思うよー」

　これ以上険悪なムードにしたくなくて、もうこの話題は封印した。


　真由の暴言は無知から来ていて、それはただ『裸足で逃げる』のような視点にまだ出会ってないからなのかもしれない。

　しかし、シングルの親への偏見を、なぜ、シングルファーザーと付き合っている、と宣言した私に対して突き出したのか。真由は何が言いたかったのだろう。

　4歳になる真由の娘は、不妊治療の末にできた子どもだった。不妊治療はつらくて苦しいものだった、という話をいつか聞いたことがあった。私はもちろん真由の心情に共感することはできなかったけど、子どもがほしい人のことも、自分の遺伝子の入った子どもを望んでいる人のことも、私は馬鹿にはしていない。むしろ自分のほうが変なのだと思っている。

ニセモノの母親の私が楽しく幸せに「家族ごっこ」をやっているのが気に障ったのだろうか。真由の幸せや理想を否定するつもりはないのに、そう見えてしまったのだろうか。ニセモノの母親、いや、それ以下の自分は、母親をしている人の前では「私にはほんとうの親の苦労なんてわかってないですけど」っていっつもへりくだって、申し訳なさそうにしてないといけない？

それとも母親からずっと比べられてきて、真由が唯一勝っていると思えたものを、私が簡単に得ているように思ったのだろうか？

「血がつながってないとほんとうには愛せないよね」
「私には子どもを育てるなんてとても無理」
「自分のお腹を痛めて産んだってことは、すごく特別なつながりだよね」

そんなふうに言ってほしかったのかな。真由が何を思っていたのかはわからない。

私は実の親の出産の痛みもシングルの親や子のつらさもどちらもわかっていない漂流人間かもしれない。でも、トンやミナトやマルちゃんを真由みたいな人に近づけたくない。

もう真由とは会わないほうがよさそうだ、とはっきりと感じていた。

それにしたって、真由があの人たちのことを知ったら卒倒するだろうな。

ズボンのおしりが破けてても誰も気にしなくて、食事前にテーブルを拭く習慣もなく、パジャマも持ってなくて、リビングで寝落ちするのが毎日の眠り方で、そのあと父親に担がれて2段ベッドに投げ置かれるのが日常である彼らの生活を。

そんなの信じられない、と悲鳴を上げそうな真由を想像して笑顔になってしまうくらいには、やっぱり自分もこのはちゃめちゃで楽しい家族が、あなたの狭い価値観で築きあげている家族よりも幸せな気がするけどね、と優越感を感じているのだ。


それまでの人生あまり思い出さなかったけれど、実際にミナトやマルちゃんと接することで、子育てについて考えることになり、自分が育てられた環境、つまり親のことをどうしたって思い出してしまうことが増えた。

「こんな大変なことやってくれてたんだなあ」と気づいて感謝する気持ちもあるし、たとえば母と二人で買い物の帰りに、父の車が迎えに来るのを待っている、というようなどうでもいい記憶さえ「幸せな思い出」として思い出すことができる。特に11歳まではほとんどすべて幸せな記憶だ。一方で、あれってやっぱりおかしかっただろう、と今になってなお怒りが立ち込めてしまう記憶もたくさんある。

私の親は毒親だったのだろうか。田《た》房《ぶさ》永子《えいこ》さんの『母がしんどい』に出会って雷に打たれるような衝撃を受けてから、のめり込むように田房さんの著作を次々と読んだ。田房さんは何度も繰り返し「自分が悪いと思う必要はない」「まずはいったん親のせいにしよう」と書いていた。数々の壮絶な毒親エピソードに、ああわかる、これ、あるあるだ、と、笑いながら泣きながら共感するばかりだった。でも、今まで忘れていたことを思い出して怒りが体内に充満する一方で、ここまで悪く思えないというか、「やっぱり私が悪かったのでは」という気持ちにもなる。そんなふうに思う必要はないとわかっているのに。

子ども時代を振り返って親のことを思うとき、「怒り」「申し訳なさ」「感謝」をバラバラにそれぞれ感じている。私は十分に愛され、大事にされ、期待され、幸せになることを強く願われていたと思うが、人生に求めるものが違いすぎて、親が考える幸せや、この中にいてほしいという枠組みを、私は大きく外れていた。相性が悪かった。それが今の時点での私の結論だ。

全然違うと当事者からは言われてしまうかもしれないけど、ゲイに生まれた人がひたすら「早く結婚して孫の顔を見せて」と言われるような気持ちに近いかもしれないと思う。きっとそれが私にとっても幸せだと信じ切っていたのだろう。

もし私が「普通」の子どもだったら、親も私も幸せになれたんじゃないかと思う。

私たちは家族なのか問題

気がつけば、かつてあんなに嫌だった100円ショップで買い物をしている。夕ごはんを作るとき、サラダや副菜が大皿だと2人ともわざわざ小皿に取ろうとせず、食べない。だからお子様ランチ的な、ごはんとおかずと副菜を一気に一皿に盛れるプレートがあればいいのでは？　と思いつき、仕事の帰りにひとりで物色に行ったのだ。

イメージどおりのメラミン製の食器を見つけて、4つカゴに入れる。それからジュースを飲む大きめのコップが少ないので、プラスチック製の、なるべくたくさん量が入りそうなものも。

他に何か必要なものはなかったかな、と周辺の棚を見て回っていると、お弁当用品のコーナーに、子ども向けのかわいいピックがあって、何気なく手に取った。でんしゃや、しんかんせんや、パトカーが、かわいいフォルムにデザインされて上についているピック。いや、こんなのはもう子どもっぽすぎるし、べつに使わないか、と思ったのだが、なぜか目が離せなくなって売り場に戻すことができなかった。

はじめて、「私は失ったんだ」と感じた。この10年を。あの2人が赤ちゃんでしゃべることもできないときから、絵本を読んであげたり、言葉を教えてあげたり、こんなピックのついたかわいいお弁当を作ってあげたりしたかった。でも私があの２人にそうしてあげられることは一生ない。普通の母親みたいに抱きしめてあげたりすることもない。

　そんな変な錯覚が一瞬起きて、何を考えていたのだろう、と我に返る。私は何も失っていない。ただあの２人の人生に、途中からサポートメンバーとして勝手に参加しているだけだ。変な感傷だ。数秒だけ訪れたその感覚は、起きたらもう思い出せない夢のようにあいまいで、やけに手触りだけがリアルだった。

　私はやっぱりあの２人を産みたかったのかな？　いや、そもそも自分の遺伝子が入っていたらあの２人は生まれてないし、そもそもその頃にトンとも会ってないし、仮定がめちゃくちゃだ。そして今でも私は「自分の子」が欲しいと思ったことはない。

でも。２人と出会わなかったらこんな気持ちを知ることはなかったと思うよ。

　私はピックをそっとカゴに入れ、レジに向かった。


　この「家族」という道を駆け抜けたのは私だけじゃない。彼ら子どもたちもまた駆け抜けていたのだと知ることがある。

　週末ごとにトンの家だけではなく、私の家でも泊まったり、ごはんを食べたりしていたが、ある日、パン屋の本屋のスタッフだったさち子も含めて焼肉をしようということになった。

もう一人知らない女子がいる、ということを彼らがどう受け止めるだろうか、と若干心配だったが、彼らはなぜか満を持して、猛烈な、今までに見たことのないようなハイテンションで我が家に突入してきた。

「いえーーーーーい!!」

「ちんぽーーーーーー!!」

まるで漫画のように玄関に靴を脱ぎ捨て、部屋を走り回りソファーで飛び跳ねる。

「どうしたどうした」

あとから入ってきたトンも首をかしげる。

「なんかあいつら今日はやたらテンションが高いなあ」

「す、すごい元気ですね……」

しかし、私には2人がその言葉を、さち子という外部の人間から引き出そうとして行動をしているように感じられた。

彼らのテンションは変わることなく、「花田氏〜」「花田氏ジュース飲みたい」「花田氏この肉なに？　牛？　豚？」と最近わたしたちの間で流行り始めていた「○○氏」呼びで連呼しながらまとわりつき、食事中もふざけてタレをこぼしたりじゃれあったりして、トンと私がそれを諫めたり、彼らのつまらないボケにつっこんだりして、私たちはまるで絵に描いたような「明るい家族」だった。それは普段の姿ではなかった。何かを少し水増ししていた。

その2人のありあまるパワフルさに啞然としながら目を丸くして、

「すごい仲良し家族って感じですねえ」

と、さち子が〈私たちの〉狙い通りの感想を述べる。まるで共犯関係の片棒を担いでいるような気分になって2人の横顔を盗み見ると、2人ともなんとなく得意そうにしている。なぜ2人はそう言ってほしかったのだろう?

いつだったか、出会ったばかりの頃にミナトがコンビニで言っていたこと。「これが僕たち3人の生活でーす」と、ミナトは普通ではない自分たちのありようを誇っていた。彼らも私と同じように不安で、この4人の暮らしを、外部からも認めてもらえるのか試したかったのではないか。

「外」の人に認めてもらえたら、やっとこの形が「新しい家族」なのだと、自分たちでも思える気がしたから。

私たち以外の人が、私たちのことを「家族」だと、うらやましさの混じった感情をもって認めてくれた。だから、多分私たちはOKなのだ。もう大丈夫なのだ。外の証人がそう言ってくれたから。

この夜は、そんなささやかな記念日になった。ような気がした。

第6章

誰かといっしょに生きるということ

ちょっと変わった約束

いつもは居酒屋や飾らない店が多いけど、今日は奮発して、雰囲気のよいイタリアンの店に来ていた。

「では、われわれの1周年に、乾杯」

「はは、照れる。これからもよろしくね」

この1年のあいだに、例のグルメ紀行も少しずつ進んだ。最初の頃はトンがまず世界料理を制覇だ、と言い出し、「タイ」とか「メキシコ」とか外国料理を食べて回って、トンがていねいにその日食べたものをノートに書いていたけど、三日坊主に終わっていた。

「チーズといえばＱＢＢのプレーンのやつがいちばんおいしいよ」と言っていたトンは、今では「パルミジャーノ・レッジャーノがいちばん好きかもしれない。ウォッシュはあんまり」とか言ったり、「リンドールのホワイトチョコって他のと全然違うよな。何だろう、香りかな？」とか言ったりしている。だいぶグルメ化は進んだようだ。

「前に聞いたことはあったけど、大事なことだと思うから確認させて。菜々子さんは、自分の子どもはいらないの？」

「そうだね。……自分でも、そういう気持ちないのかな？　って考えてみるけど、やっぱりどれだけ考えてもあんまりそういう気持ちにならないよ。ミナトとマルちゃんがいれば十分じゃない？　2人と関わらせてもらえて、育児体験みたいなことできて、ほんと得したなって思ってる。それに今から産んだらトンは完全に、もう一周ってかんじじゃん。やっともうあと数年で子どもが手から離れて自由の身になれるって言ってたのにさ、もうひとりいてもいいわけ？」

「うーん、すごい欲しい、ってわけじゃないけどさ、いたらいたでそれもいいかなって」

「へえぇー」

「まあいいのよ、菜々子さんがいいなら」

「そうだね、うん、あのさ」

「何？」

前からしようと思っている話があった。でもそんなことを付き合っている人に今まで言ったことはない。でもトンとなら、今まで誰ともできなかったことができるかもしれないと思っている。

1周年記念の、こんな楽しいはずの席で言っていいのかな。でも今言うしかないか。

「提案があるんだけど。すごく勝手な提案かもしれないけど。今そういうことがないから、そうなる前に決めておきたいなと思って」

なんだかすごくまわりくどい言い方になってしまった。

「うん。何？」

「もしもこれから、お互い、好きな人ができたらどうする、っていうのを決めておかない？　もし私に他に好きな人ができたり、他の人とセックスすることがあったら言ってほしい？　言わないでほしい？　それ、臓器提供みたいに、事前に意思表示しておくことにしない？」

きのコさんの『わたし、恋人が2人います。』という本を読んで、はじめてポリアモリーという言葉があることを知った。複数恋愛で、かつ関与するすべてのパートナーの同意を得て関係を持つ概念を指すという。自分とまったく一致するわけではないが、考え方には似ている部分も多くあると思った。そこからさらに調べて、アセクシャルという、人に対して性的欲求や衝動を感じない人の区分けがあることを知った。この区分も完全に自分に当てはまるわけではなかったが、自分の知らない区分けがあるということが、なぜか自分を強く勇気づけた。

以前から、中島らもさんの妻、美代子さんが書いた『らも』という本が好きだった。らもと美代子さんの2人は恋愛結婚の末、恋愛とセックスはお互い家の外ですることにしよう、と決める。だけど簡単には割りきれない。別の女性のところに行くらもに「約束違反だ」ではなく「悲しい」という気持ちを抱きながら、それぞれが縛られずにお互いを思いあって生きる道を模索する。相手に特別な好意を寄せることと、相手の権利を独占することは違うというテーマに挑んだ、大きな作品だった。

渡辺ペコさんの漫画『1122』も、セックスレス夫婦が恋愛とセックスをアウトソーシングしようとしながらも、理屈どおりに進まない2人の心の揺れと迷いを真摯《しんし》に描いた作品だ。今自分がしようとしていることは、かなりこれに近いと思う。

末井《すえい》昭《あきら》さんの、自身の結婚を赤裸々に描いたタイトルもズバリの『結婚』は、はじめて読んだとき、「こんな怖いことを言うのはやめてくれ」とちょっと受け入れられないほどだった。一度目の結婚生活でただ結婚という形だけを維持することにこだわり、ギャンブルと借金にまみれた著者は離婚する。けれど運命の人に出会うことで、何でもすべて正直に伝え合う、きちんと魂でつながっているほんとうの夫婦をもう一度ゼロから目指すことにする。

〈夫婦に秘密があってもいいんじゃないの?〉〈全部あけすけに話すなんて逆に息苦しい。〉〈みんながそんなふうには生きられない。〉〈そんなことをできるのは特別な人だけ。〉

さまざまな言葉でこれらの本を否定しようとしたけど、いつまでもそこに書いてあったことが忘れられずに、棘《とげ》のように心に残った。

　どれもが、遠い世界の極端な例ではなく、変わった人たちのエンターテインメントではなく、自分ごととして深く心にとどまり続けていた。

　でも相手に言ったら、傷つけてしまうんじゃないか、その約束を望んでないとしたらすごくよくないことなんじゃないか、と思ってなかなか踏み切れなかった。今日までは。


「えー！　どっちだろう。どっちがいいかなあ。悩むな」

トンは少し戸惑っているようにも見えたが、乗ってくれる前提らしかった。

「前に言ってたよね、少し。不倫とかのこと」

「今までどうするのがいちばんいいのかわからなかった。傷つけなくていい人をいっぱい傷つけたと思う。でもこれが自分の答えな気がする。この道を選ばない夫婦やカップルのほうが多いことはわかってる。たぶんこんなやり方うまくいかないのかもしれないけど、でも私はこうしたい」

「いいよ、もちろん」

　何の迷いもなく即答してくれるのが、ありがたかった。

「菜々子さんは？　どっち？」

「うん……そう言われると……待って、ちゃんと考える」

ひと呼吸おいて自分の気持ちを指差し確認する。

「私は、やっぱりトンの好きにしてほしい。トンが、隠すのが嫌で言いたい、って思ったら言ってほしいし、内緒で続けたいって思ったり、風俗とかに行ったことを隠したかったら隠してもいいと思う。でも他の人とも恋愛関係にある場合は、相手には状況をきちんと伝えたほうがいいんじゃないかと思う。それで突然こちらに別れを切り出しても、私はそれを裏切りだと感じたりはしないよ」

「わかった。俺はね、……うーん、言ってほしいかな」

「オッケー、わかった」

言ってみたらすごくカンタンだった。拍子抜けする。同時に、ついにやってやったぞという気持ちもある。

もうこの条件だったら結婚してもいいのかもしれない。でも人に話したら「それじゃ結婚する意味ないじゃん」って言われるんだろう。

でも関係ない。知らないよ一般のルールは。もう時間ないし、自分の道行かなきゃ。

きっと婚約したカップルとかに比べたらむしろ逆方向に進んでいるようなものなのに、絆が深まったような気がしてうれしかった。

トンは、きっと「一生私のことだけ見ててね、絶対浮気しないでね」っていう人とも付き合える人だ。私がこんなふうに振り回していいのか、巻き込んでいいのか、とふと遠慮の心が紛れ込む。

でも正しく巻き込み合って迷惑をかけ合いまくるのが恋人とか家族なのかもしれない。それは私がいちばん苦手なことだ。一歩を踏み出せた気がする。誰かの真似ではなく、私らしい構造の迷惑のかけ方で。

「もう一杯飲む？」

「うん、そうしようかな」

私はこの人と、ちゃんと自分を生きてみようと思う。それは一生の約束ですらない。けれどこの約束は、恋人たちの約束事に嫌悪を感じていた私の心を少し明るく照らしてくれた。

行ってしまうんだね

天気は晴れ。雨の心配はなさそうだ。

夏の終わりに、みんなで近所の花火大会を見に行く約束をした。土曜日でどちらも仕事があり、トンのほうが遅くなりそうだった。私が子どもたちを連れて先に行ってもよかったのだけど、何にせよトンも家に戻って自転車で会場まで来る必要があったので、私だけ先に出発し、始まる1時間ほど前から会場の土手にシートを広げ、缶チューハイを飲みながら3人の到着を待った。

ところがトンは電車の遅延に巻き込まれて、まだ家に戻れていないとLINEが来た。

「でも19時半からだよね？　19時には駅に着くから、そこから30分あれば自転車で着くでしょ？　ぎりぎりになっちゃうと思うけど間に合うようにがんばるから」

「あまり急がなくていいよ、自転車とばしたらあぶないし」

「平気平気。ひとりで待たせちゃってごめんね」

「会場ギリギリのところまでは自転車が入れないから、◯◯ストアのあたりに止めるのがいいかも」

「そうなのかー。了解」

あたりはにぎやかに輪になってお酒や料理を楽しむ人たちばかりだ。チラチラとLINEを確認しながら空が暮れていくのを見ている。

やがて時間が来て、トンたちと合流できないまま花火が始まる。盛大な音と光の渦で、ああ、この瞬間をいっしょに味わえたらよかったのになあ、と思う。みんなで見上げて、すごいねって言いたかったのに。まあ、仕事の日で、電車の遅延なのにそんなことを言っても仕方ないけど。

「やっと◯◯橋のところまで来た！　自転車止められたよ！　歩いて向かおうとしてるけ

ど、全然進まない」

「だめだ、人が多くて」

「土手が見えてきた！　しかしたどりつかない」

トンもめずらしく苛立っているような文面だった。

こちらのいる場所の周辺の写真とマップの現在地を送るが、こんなに暗くなって人の多いところで見つけられるだろうか。自分自身も、こんなふうに何かを心配しながら花火を見るのももったいないように感じられ、みんなで花火を見たいという気持ちと、なんでこんなことになるんだとトンを責める気持ちが入り混じって、気持ちが荒れた。

「会えなくてもお互い楽しもう、あんまり焦らないで」と送ってから10分後くらいに既読がつき、

「やっと土手まで来た！　どのへん？」

とＬＩＮＥが来たので、写真とマップでだいたいわかるとはいえ、さらに詳しく、

「階段上がったら右、14と15のあいだくらいのところ、近くにサッカーゴールがある」と送ったがいつまでも既読にならなかった。それを何度も確認しながら花火を横目に「迷ってる？」とさらに送ってみたが、電波が混み合いすぎているようで送信さえできなかった。さびしい気持ちを感じながら、しかし、まあ人生ってこんなもんだ、と自分に言い聞かせる。みんなで見たい、は自分の欲望で、花火大会なんて行ったことない、と言っていた3

人が、せめてきれいだなあとか思ってくれたら、いっしょに見られなくてもまあいいかと思うことにする。

　そのまま花火はフィナーレを迎え、クライマックスらしい激しさで打ち上がり続けて夜空を明るく照らした。大きな歓声と拍手が聞こえ、空は煙だけをたたえて花火大会は終わった。

　みんな夢の世界から戻ってきたように、それぞれに立ち上がってシートをたたんだり伸びをしたりしている。

「おーい」

　声をかけられて振り向くと3人がいた。

「来れたんだね！　どこで見てたの？　見れた？」

「ほんとごめんね……。土手の上あたりで見てたよ」

「それならよかった」

「すごかったね」

「いやあ、迫力だねえ」

　いっしょに見られないのだと一旦あきらめてしまえば、もうそんなにまで怒るようなことでもなかった。それにこんな人混みの中で見つけてくれたことに単純に感謝もしていた。

さっきから、ミナトがひどい顔をしていることにはうすうす気づいていた。

「おっす」

おどけて声をかけてみるが返事はない。返事の代わりに睨みつけてくるような表情と、返事などしないと固く心に決めているような無表情のあいだくらいの顔をしている。

「どうしたの？　疲れた？」

予想通り返事はない。聞こえないかのようにそこにただ立って目を合わせないようにしている。

「なんかあったの？」

仕方なくトンに聞く。マルちゃんもミナトを心配そうに見ている。

「わかんないのよ」

お手上げ、というジェスチャーをしながらトンが言う。

「帰る」

「わかってるよ、帰ろう、大変だったね、自転車で」

土手の上に上がるための階段も、そこから最寄り駅までの歩道も、人がひしめき合っていてなかなか進めない。ミナトがそのあいだをぐり抜けて進もうとするが人がいっぱいでうまくいかない。

「ミナト、はぐれたら困るからいっしょにいて。迷子になるよ」

トンが声をかけるが聞いているのか聞いてないのか。とにかくこの場を早く立ち去りたい、という苛立ちが全身から伝わった。

「中2病っていうのかねえ」トンがためいきをつく。

「あんまり来たくなかったんじゃない？　無理やり連れてきた？」

トンを責める筋合いはない。そもそも提案したのも、みんなで花火見たりしたら楽しいかな、と思ったのも自分だ。でも、考えてみれば12歳の少年に、家族で見る花火大会ほどつまらないものはないかもしれない。ましてや自分の何らかの意思を無視されて、急がされたりしたのだとすれば。

「まあ置いてくるわけにいかないし、行こう行こうとは言ったけど」

「そっかあ」

多分一悶着あったのだろう。そしてこれ以上正確な原因を探ろうとしても意味がなさそうだ。人並みに流されるままゆっくりと階段を上がり、ミナトを見失わないように目で追いながら歩いていく。もし迷子になっても行きは自分で来たのだし、人に聞けば帰れない距離ではない。けれどミナトは離れようとしながらも離れすぎないようにときどきはこちらの場所を確認していた。

「ミナトどっかへ行っちゃった？」

「ううん、大丈夫、あのへんにいるよ」

もう少し楽しい気持ちでいてくれればいいのに、そんなふうに怒らなくていいのに、と思う気持ちとともに、なんだかミナトの言葉にならない怒りがわかるような気がして、人が多くて進めないミナトがもどかしくもあった。少し前までは不満や不機嫌は父親に泣きつくことで表現していたのに、もう今はそれもできなくて、でも自分の感情をコントロールしたり自分の気持ちを伝えることもできず、行動も制限されて、思うように生きられない。結果的に走れない場所を走ろうとして前に進むこともできなくて。12歳とはそんな季節なのかもしれない。昨日と今日ではっきり季節が変わってしまったわけではない。行きつ戻りつを繰り返しながら、けれどもう子どもの頃に戻ることはできないのだろう。

新しい何かが始まっているのだ。だとすれば、その最後の数か月をいっしょに過ごして笑いあったこと、ぎりぎりに駆け込ませてもらって、大人になる前夜のミナトを見せてもらったことが、全部奇跡のように感じられる。もし出会うのがあと何か月か遅ければ、もう間に合わなかったかもしれないのだ。

もうどこかへ行ってしまうのだろう。でも私は親じゃないから大丈夫、悲観したり縛りつけたりしたいとは思わない。どんどん行けばいい。そのほうが見てて面白い。

視線の先で、ミナトはまだ歯がゆそうに足踏みしながら、人と人のあいだをすり抜けようとしている。私はミナトが飛んでいくイメージを、人々の頭上を軽々と飛び越えて駆け抜けていく姿を、祈るような気持ちで思い描いた。遠くへ消えていくミナトの真っ白なT

シャツの軌跡だけが光のように目に残る。

私はいつまでもその光を追いかけていた。

意外なところからのプロポーズ

「花田氏、今日は泊まりに来ないの？」

金曜日の21時。ＬＩＮＥの通知音が鳴る。

いつもどおりトンからではなくマルちゃんからのＬＩＮＥである。

「今帰ってきたところー！　今日は遅くなっちゃったから明日の朝行こうかと思ってた」

「えー！　今から来ればいいじゃん！　なんでー」

「そう？　じゃあ行こうかな」

「きてきてー」（すぐあとに、江頭2：50がハートを出しているスタンプ）

ＬＩＮＥを切り替えトンにメッセージを送る。

「マルちゃんが今から泊まりに来て、って言ってるけど今から行っても平気？」

すぐに既読がついた。

「うちはいつでもウェルカムよ」

「じゃあ今から行く。なんか買って行くものある？」

「明日の朝ごはんが何もない」

「じゃあ適当にサンドイッチの材料でも買っていく」

「いいね！　ありがとう！」

こうして、部屋着に着替えて自転車でトンの家に向かうのであった。

この日も夜中3時までカタンで盛り上がり、「もういい加減寝よう」と、ひと足先に寝落ちしているミナトに3人で布団をかけ、リビングに残して寝室に向かった。私が下の段に入り、マルちゃんが上の段に、そしてめずらしくトンがマルちゃんといっしょに上の段に向かった。

少し経って静かになり、もう寝たのかな、と思った頃、マルちゃんが口を開いた。

「パパ。花田氏にさ、告白してみたら？　結婚してくださいって」

「えーっ。告白かあ。そうだなあ……。うーん、花田氏はね、結婚とかはもういいかな、って思ってるみたいだよ」

「ああ。年齢的に？」

静かに聞いていようと思ったのだがマルちゃんの返しに思わず吹き出してしまった。それを聞いてマルちゃんが上の段越しに話しかけてくる。

「花田氏は結婚したくないの？」

　そんなふうに思ってくれているんだな、ということが素直にうれしく、これまでの長いような短いような道のりを思う。最初に会ったときは、受け入れてもらうことを目指してはいたけど、こんなふうに仲良くなれると思っていなかった。同時にこんなふうに言ってもらうくらいには、もうこの家族に入り込んでしまってるんじゃないか、結局、関わる限りはどんな関わり方をしても、責任を取らないなんて無理なんだ、もう関わり始めたそのときから子どもを傷つけうる可能性は発生しているのだ、とも思う。結婚、同居という形さえ回避すればそこから免除されるわけじゃない。

「結婚したくないってわけじゃないんだけど……してもしなくてもいっしょじゃない？　こうやっていっしょに遊んだりしてさ」

　子どもが決意して斬り込んできてくれたときには、なるべくこちらもきちんとほんとうのことを言いたいと思う。でもなんだかぐずっとした回答だ。これが本音ではあるのだけど。

「それは俺もそう思うんだよね。どっちでもいいし、どっちでも変わらないかなって」

　不意にトンから返事が返ってきて２：１の構図になる。

「そうだけどさー」

　マルちゃんは不満そうだ。今だ、きちんと言おう、と声に力を込めて上に向けて言う。

「結婚してもしなくても、マルちゃんのことを好きだと思う気持ちは変わらないよ。それに、もしトンと別れることになったとしても、マルちゃんが仲良くしてくれるなら、私もずっと仲良くしたいと思ってるよ」

私は、わー、ついに言いたかったことをやっと言えたぞと思ったのだが、マルちゃんの反応は薄かった。

「ふーん」

そりゃそうか。マルちゃんの興味はそこではなくて「もう結婚していっしょに住むことになれば毎日遊べて楽しいのに」という自分の希望に対して「そうだねそうしようかな！」という展開を期待していたのであって。俺を好きとか知ってるしどうでもいいわ、ってところだろう。

「マルちゃんとふたりで飛行機とか乗って旅行とか行ってもいいしさ！」

マルちゃんが嫌がるのを知っていてわざと言ってみる。

「はぁ？　ないわ〜」

「ないわハウス！」（マルちゃんの真似）

全員、それぞれに違うことを考えていて、それぞれに生きている。いいなあ。

しかし、上の2人が寝ついてからもなんとなく眠れなかった。

結婚。同居。

してもしなくても、「これこそがぴったりの答えだ」と思わない気がする。そんな中途半端なところにいる。マルちゃんにそんなふうに言われると、当たり前にごはんを作って、人のいる家に帰ってきて、彼らの学校のスケジュールを把握しながら買い物したり準備したり、学校に持って行く雑巾を縫って、「明日これいるんでしょ、持ってくの忘れないでよ」とか口うるさく言っちゃうような、そんな生活をしてみたい気持ちが芽生えている自分もいる。

今まで自分が彼らを傷つけることばかりを気にして踏み出せない気がしたけど、自分がいなくなることが彼らの傷になるなんて、そもそもずいぶんな思い上がりじゃないか。彼らのほうが先に「不要」のハンコを押してくるかもしれないのに。順調に育てば、おそらく彼らはどんどんかわいげがなくなり、甘えなくなり、「家族」の箱から離れていくだろう。2人がかわいくなくなるとしたら、私がわざわざ同居する意味って何なのだろうか。すごく決定的じゃなくても、すれ違ったり、お互いを疎ましく思うことは必然だろうし。ほんと、よくみんな結婚なんてできるなあ。

でも、それでも「結婚なんて」といくら心に蓋をしても、逆らうような気持ちが湧いてくる。大人になっていく彼らを、見ていたい。彼らが中学生になって高校生になって、今みたいに毎日が楽しくなくなって、会話も減って、どんなに話しかけてもうっとうしがられて、虚しくなるかもしれなくても、いっしょにいることが普通で感動のない当たり前のことになってみたいなと思う。

　みんなでそれぞれ好きに生きようよ。家族全員が同じ気持ちで心を寄せ合って、いつも足並みが揃っているのなんて目指したくはない。ミナトにも思うままの反抗期をやってみせてほしい。

「一丸となってバラバラに生きろ」という、本の表紙に書かれた言葉が好きで、ずっと心に残っていた。栗原康の『アナキズム』という本のサブタイトル。

　私にとって、誰かと生きるということの指標になってくれるような言葉かもしれない。

　やっちゃいけないことなんてない。何ものにもしばられるな。本の中で、栗原康はずっと叫び続け、読者を焚《た》き付けてくる。ほんとうにそうだ。そして、それは今までひとりで生きることでしか達成できないような気がしていた。でも『村に火をつけ、白痴になれ』の伊藤野枝《のえ》みたいにいろんな人に迷惑をかけまくって、わがままな愛をぶつけて、たくさんの人を巻き込んでハチャメチャに生きたら、ひとりでいるよりも面白いかもしれない。どっちの道に行ってもいい。

　私たちがこれから進む道は、また4人で決める。

女性のための本屋にできること

オープンの前後は永遠に続くと思われた地獄のような日々も、徐々に落ち着いていった。まだまだ理想には遠く、毎日、何らかの事件、トラブル、アルバイトの不満、本部との衝突、お客さんのクレーム、そんなものにまみれながらも何とか進んでいる。先週よりは今週のほうが良くなっている……気がする。そういうことにしておこう。そんな気分と、お客さんが売り場で喜んでくれることだけが原動力だ。

計画どおりに、たくさんの女性が来店してくれる店になった。オープンしてから面白いなと思ったこと。

まず、女性客が8割を超えているにもかかわらず、出産や育児にまつわる本がまったく売れなかった。関連して絵本の動きも鈍い。その前にいた店が子どもと母親のための店だったから余計にそう感じたのかもしれないが、あまりに売れなさすぎてびっくりした。ついで、ヨガやダイエットの本もあまり売れない。美容の本も売れない。それからオーガニックやエコを扱う本も、シンプルな暮らしを提唱する本もあまり売れない。

その偏りは企画なんてものがいかに薄っぺらいかを笑い飛ばしてくれるようで、本屋は生きものなのだと教えてくれるようで痛快だった。かなわん。そんな傾向、予測できるわけがない。しかし、だから本屋は楽しいのだ。

　本屋に来ている人物像をひとつにまとめる必要はないが、要約すると、このお店のお客さんはとにかく宝塚と演劇を愛しているか、もしくは本を読むことが好きで、子育てはしていないかすでに終わっている。バリバリ稼ぐことよりは日々を楽しく生きることを大切にし、自分が美しくなるよりは推しの美しさを愛《め》でていたい。早く死んでもいいからおいしいものを食べたい。日本で流行っているシンプルでミニマムなデザインやライフスタイルは好まない。といって貧乏くさいセンスは何よりも嫌いである。かつてのフランスやイギリスの文化を感じられるようなテイストや、アンティークのように雰囲気のあるものが最高だ……。

　という結果になる。

「女性」という広すぎるコンセプトは、商品選定ひとつとっても決定打に欠け、かつてのオープン前の定例会議は険悪な雰囲気で停滞することもしばしばだった。

　みんなが揺らがないように、またオープン後に対外的に発表するためにも、どんな店を目指すのかという文章をまとめておこうという話になったときのことだ。

　チームメンバーのひとりが「出世とか数字とかにとらわれやすい男性と違って、女性は日常の中にささやかな幸せを見つけるのが得意だと思うから、ささやかな幸せを見つける、というコピーはどうだろう」と提案してくれた。

そんな生き方ができる女性は素敵だと思ったが、それだとにかく稼ぎたい女性や、野心に燃えている女性をはじくテーマになってしまう。

本屋が女性の望ましい生き方を限定するのはおかしい。考えたあげくに、「すべての女性を応援する」というテーマを掲げさせてもらった。既婚者と非婚者の対立を煽ったり、子どもの有無や、年収の高低や、仕事の有無で分断するような店にはしない。

そう決まると、心に大きな芯ができて、本の選定や売場作りもぐっとラクになった。

すべての女性を応援するということは、つまり自動的に自分も応援することになる。

誰かが元気になることを願って棚に本を差すとき、その光は自分にも跳ね返る。

イベントの聞き手役なども務めるようになった。その頃コテージでやらせてもらったイベントのひとつに、林伸次さんというバーテンダーさんの恋愛小説『恋はいつもなにげなく始まってなにげなく終わる。』の新刊記念の対談トークイベントがあった。

私は林さんの恋愛相談のコラム連載をいつも楽しみにしていたので、対談相手をさせていただけるのがうれしく、林さんがイベントが盛り上がるように「男女の友情は成立するかしないか」という私の嫌いな議題を投げてくださり、「男女の友情はありよりのあり」と答えた私と激しくも楽しい議論をしてくれた。

そのイベントで私は、お客さんの悩み相談に答える、という形でおすすめ本を挙げながら、時代はどんどん変わってきているし、どんな恋愛をしていてもいいのではないか、という話をした。男だから積極的にいかなくちゃ、とか、いっしょに泊まっていても何もないなんておかしいよ、とか、ひとりの彼氏と長く続いて結婚に向かうことだけがハッピーエンド、とか、そういうものからどんどん離れて、自由になりたいし、自由になっていきたい、と。それは林さんの本からも感じられるものであり、自分の実感でもあり、恋愛に悩む世代の人たちに伝えていきたいことでもあった。

イベント終了後、林さんにサインを求める人や出版社の人たちの挨拶などでにぎわう会場の中で、お客さんから声をかけられた。

「あの、私はずっと恋愛が長続きしなくて」

かわいらしい若い女の子だった。泣き出しそうな顔をしていた。

「飽きっぽくて、1年続いたことがなくて、友達みんなからずっと『やばい』『何か問題があるのでは』って言われ続けてて、自分でもそれをネタにしてました。自分が変なのかな、おかしいのかなってずっと思ってました。でも今日花田さんに言われて、べつにいいのかなってはじめて思うことができました」

私は思ったままのことを言う。

「短い恋愛に価値がないなんてこと、ないですよ。その時間の中に、大事な気持ちがあったのならそれで十分じゃないですか？　長く続く恋愛を否定する必要もないけど、もっと長くこの人と続けたい、って思ったときにはじめて考えればいいことだと思いますよ」

「そうです……ほんとにそうです……。どの人のこともちゃんと好きだったし、みんないい思い出です。なのに友達からは『なんでたくさんの人とやりたいの？』と言われて……。でももう惑わされずに自分の道を生きます」

「自分はこういうかたちなんだ、って自分でそれがはっきりわかることがいちばんの幸せな気がします。特に大多数の人と違う感覚を抱えている人は」

　それは自分自身への言葉でもあった。

　若い男の子からも声をかけられる。

「僕は男女関係なく泊まりに行ったり遊びに行ったりしたいのに、まわりからゲイなの？　とか、狙ってるだろ？　とか言われてほんとに嫌だったので、今日花田さんからはっきり『変じゃない。そういう人いっぱいいる』って言われて、めちゃ元気出ました。ありがとうございました！」

「よかったです、好き勝手に生きてやりましょう」

「はい！」

　そうか、自分くらいの年齢と環境だと、そういう人に会うことはそんなに大変じゃないけど、若いときほどまわりの「当たり前」に囚われやすく悩みやすいのかもしれない。私は自分の思ってることを好き勝手にしゃべっただけなのに、感謝されて不思議な気分だった。

しかし、直接言われるとけっこう「くる」。そのときは普通に明るくふるまっていたけど、林さんや出版社の方が帰り、しんと静まった店のバックルームにひとりきりになってから、彼らが過去の自分で、まるで過去の自分と話したようで、私はひとりじゃない、私はひとりじゃなかったんだ、という気持ちが溢れてきて涙がぽろぽろこぼれた。

若い頃そんなふうに、あなたは変じゃないよ、と助けてくれたのは、人の場合もあったけど本のことも多かった。ぐらぐらの自分を本に支えてもらった経験はあまりにも多すぎて数えきれない。

「こんなふうに思うのは変なの？　自分だけ？」という行き場のない悩みに、シンプルに「それでいいよ」という答えが通電する瞬間。「そうか、いいんだ！」という感情が立ち上がる瞬間は、いつでも最高のできごとだ。

『ぼくには数字が風景に見える』という本は、ずっと大好きで、大事に持ち続けている一冊だ。著者は子どもの頃からアスペルガー症候群という障害を患いながら同時に人並みはずれた数学の天才的な才能を持っているサヴァン症候群であり、人との意思の疎通が難しく、細かいこだわりの強さのために普通の人と同じ日常生活を送ることができない。

しかしもっと広い世界に出て数学を学びたいという強い情熱が、彼の人生の扉をこじ開けていく。ネクタイを結ぶこともバスに乗ることもままならない彼が、留学し、家族と遠く離れた地でひとり暮らしを始める。途中で自分が同性愛者であることに気づき、最初こそうまくいかないものの、ついに心の通い合うパートナーにも巡り会う。たくさんの人に助けられながら、何度も生まれ変わるように、カーテンを開け続けるように、新しい世界に出会い続けていく。

感動の物語だが、著者が成功したからいい本なのではなく、著者が社会とうまく繫がれていないとき、生きづらい現実と対照的に描かれる、脳内に自由にひろがっていく数字の風景の描写がほんとうに美しい。そのピュアな数字の宇宙を著者と共有したからこそ、苦難を乗り越えて自分らしく生きることを獲得していく時間を、著者とともに旅することができるのだ。

「自分らしく生きよう」と言うことはかんたんだ。でもそれだけだと言葉に魂の重さが乗らない。けれどいい本ならそんな陳腐なスローガンを吹き飛ばすように、もっとすごい何かがダイレクトに心に飛び込んでくる。

自分が本屋という仕事を通してしたいことは、最終的にはきっと「私はこれでいいんだ」と「こんなふうに掴みとっていけばいいよ」という私が今までに受け取ったメッセージを、必要な人に本を通してなんとか届ける、ということなのだろう。つまり、私が生きるために本から受け取ったものをそのまま恩返しすることだ。

と、ガチャッ、と音がしてバックルームのドアが開く。ハッと我に帰り、だるそうに目をこすりながら、反射的に新刊案内のチラシを見ていたふりをする。

「あ、いたいた、花田さーん」

スタッフの子が早口で言う。

「ん？　どうしたの？」

「ちょっとレジ並んじゃってて！　入ってもらっていいですか」

「わ、ごめんごめん！　すぐ行く！」

「すみません、お願いします！」

とだけ言うと急いで飛び出していった。

あわててエプロンをつけ、小走りでレジに駆け込む。

「お待ちのお客様、奥のレジどうぞー！」

こんな日常が、また続いていく。続いていけばいいなと思う。

エピローグ

深夜高速バスは、北へ

Ｎからひさしぶりに ＬＩＮＥが来た。この前会ったのは夏の始まりだっただろうか。季節はもうすっかり冬になっていた。

「俺、今の店辞めることになった！　で、まだはっきり言えないけど多分東京で働くことになると思う。また物件探しのときとか泊めてください！　よろしく〜」

あっさりした退職報告に驚いた。この前会ったときは今の職場への愛とか、これからの店での展望なんかを饒舌に語っていたのに、まさか数か月後にそんな展開になるなんて。

「どういうこと⁉　何があったの？」

「いやー、ひとことでは説明できないなー。今度会ったときにでもゆっくり話すわ」

しかしながら文面の感じから察するに、次の仕事のあてもあるみたいだし、深刻なかんじでもなさそうだ。

「結局一回もＮの店行けてない……。いなくなる前に見ておきたいな」

Nが勤務する書店は地方都市にありながら、全国的に出版社や本屋好きからも注目されている個性派書店でもあった。Nに関係なく、一度勉強のために見ておきたいと思いながら行くきっかけがなくて今日まで来てしまっていた。

「おお、そうだよ！　詳しくはまた話すけどさ、売り場の作り方が全然変わっちゃうと思う。だから来るなら早めがおすすめだよ」

「うーん、最短だと来週は木・金が連休だけど」

「あ、俺ちょうどその水曜日に仕事で東京いて、夜帰るつもりなんだ。そしたらいっしょに行く？」

「なんか偶然！　先延ばしにしてたら結局行けなくなりそうだからそうしようかな」

「深夜バスで帰るつもりだったけどそれで平気？」

「バスか……ちょっと奮発して独立3列シートでもいい？」

「ああ、乗り慣れてんのね！　いいよ」

こうしてあっという間に旅行きが決まった。


仕事終わりに、バスの発着所に近い、東京駅地下街の居酒屋で待ち合わせる。会うのは2度目だけどもうまったく緊張はしていなくて、深夜バスなんてひさしぶりだな、と、もうすっかりそっちに気持ちが持っていかれている。

「ごめんごめん、お待たせ」

「おー」

それぞれにお酒と適当なおつまみを注文して、それが日常であるかのように軽く乾杯する。

「いやー」

「聞きたいことはいろいろあるけど……」

「ね。さすがに俺もやめることになるとは思ってなかったなあ」

そこからNは退職にいたるまでの経緯をざっと説明してくれた。名物書店員、愛されている本屋、などとちやほやされていると外からは安泰に見えているのかもしれないが、気合の入った売り場づくりや本への情熱を持った発信をしている人が社内で疎まれていることは珍しくないし、上司や経営者が変われば明日はどうなるかわからない、というのは多くの書店員がひしひしと感じていることだろう。何しろ、誰もがいい店、いい棚だと明白にわかるような実力のある人でも、ビジネスとして考えれば、その人の素晴らしい仕事が生み出す売上げや利益なんて、大きな何かと堂々と闘えるほどの額ではないのだから……。

ただ、いいニュースもあって、それはNが長くいっしょにいる上司のTさんといっしょに次の職場に移ることができそうで、おそらくはまた本屋に立てるだろうということだった。

「俺はまあ、特にやりたいこともないしね。Tさんが転職活動を代わりにやってくれたから、ラッキー、みたいな感じだよ。特に新しいところに移ることへの不安もないし。これからどうなるんだか、全然わかんないけどね」

　半分冗談なのかもしれないし、常に受け身でいたいというNの性格もあるのだろうが、NとTさんとの関係もつくづく不思議だ。そう言うと愛憎半ばだよとNは笑うけど、家族や恋愛や友情がそうであるように、上司と部下の関係だってひとくくりにはできないし、Nはその逸脱した関係をちょっと誇りに思っているようにも見える。

「花田さんはどうなの？」

「へっ？」

「うまくいってる？」

「仕事はやっと落ち着いてきたかな。もう立ち上げはしばらくやりたくないけどね……。次の本を書こうと思ってる。シングルファーザーの人と付き合ってる、って話したっけ？そのこと書くんだ」

「ああ、前にちらっと聞いたよ。いっしょに暮らしてるの？」

「ううん」

　Nの顔色を伺うつもりはないが、同じように将来の安定や約束を求めず生きる「仲間」のNがどう思うのかは聞いてみたかった。

「結婚は他人だからまだいいけど、子どもって自分の意思では絶対に捨てられないじゃん。子どもと関わるのって、怖くない？」

「怖いよ」

「俺は人生において、手離せないものがあるっていう状態が苦手だから、そんなこと、試してみようとも思えない」

「私だって、基本的にはNと同じところにいるよ。べつに試そうと思ってやってるわけじゃないんだ。ただそういう状況になったから、今の自分のままで家族みたいな何かになれるのかなって実験してるみたいなところもある」

そう、何もかも、望んで始めたことではない。言い訳みたいだけど、私の人生はずっとそうだ。

「その怖さはどうなるの？　家族になろうって覚悟が決まれば、怖くなくなるの？」

「それは、たぶん今から１００パーセントの家族になることなんて無理で。自分が１００になる覚悟がないからかもしれないけど、オリジナルメンバーじゃなくて、サポートメンバーでもいいのかなと思う。サポートメンバーが卑屈になる理由はないし、サポートにはサポートの仕事があるよ。べつに30%家族でも50%家族でもいいじゃん、って今は思ってるよ。お母さんじゃなくても、オバケのQ太郎みたいな関わり方でもいいんだなって」

「影響を与えないようにする、みたいな？」

「完全に影響を与えないって言うのは無理だから、支配しないことと害を与えないことだけは気をつけてるけど。あとは、勝手に入り込んでいるのだから、せめて近づける距離の中で、自分にあげれるものは全部あげようと思ってるよ。消極的かもしれないけど、自分にはそれしかできない」

「まあ自分で子どもを産んで育てる責任と、外から関わるサポートメンバーが違うってのはわかるけどね。でも家族って……」

　Nはまだ何か考えているようだったが、しばらくの沈黙の後、

「うーん……」と言いながらテーブルの料理を小皿に取って食べ始めたので、自分もならってなんとなく自分の分を小皿に載せる。


　23時過ぎのバスに乗り込み、それぞれに自分の席で眠りにつく。お酒が入っていたのもあってすぐに眠れたが、休憩のためにバスが静かに停まったタイミングで目が覚めた。時計を見ると4時。まだ外は真っ暗のようだ。トイレに行きたいわけでもないけど、コートを羽織ってなんとなく外に出てみると、Nも外に出て伸びをしているところだった。

「よく寝たー」

「3列のびのびシートはやっぱりいいな」

「トイレ行くの？」

「いや、べつにいいかな」

「じゃああったかいお茶でも買うかぁ」

そんな会話をかわして、なんとなく2人で室内の休憩エリアに入って、誰もいない食堂の椅子に並んで腰掛ける。


「さっきの話、バスの中で考えててさ」

「うん」

「今の自分を捨てずに、誰かと家族になれるってのは悪くないし、それができるなら目指してみてもいいのかもね。俺には無理そうだけど」

「そう？」

「花田さんの実験の着地点には、興味あるよ。いったい、どんな結果になるんだろう？って。まあ、花田さんがうまくいったから自分も大丈夫なんてふうには思わないだろうけどね」

「何が着地点で何が成功なのかもわからないけどね。まあ見届けてよ」

「自分の子ども欲しいとかはべつに思わない？」

「うん、前からそんな気はしてたけど、血のつながりにはまったく興味が持てなかったな」

「何でも実際にその場所に立たないとわからないもんだよね。家族とか結婚とかいらない、って思ってたわけじゃない？　それを変える相手に出会えたってことなのかな」

「相手っていうか、いい3人に会えた、ってかんじかな」

「そういうもんかあ。……どうなってるんだろうねえ、半年後とか」

「ほんとだね。Nの仕事も……。いいほうに行くといいけど。こんなこと言ってて、私も半年後別れてるかもしれないし」

「逆に俺が突然デキ婚とかしてたりしてね」

「それぞれの道だね」

「まあ俺は俺で、男女っていうくくりに囚われずにいかに人と関われるかっていう実験を続けるよ。実験ていうか、挑戦？」

「実験？　挑戦？　遊び？　戦い？　なんか、全部意味いっしょかもしれないね」

「実験しない人生より実験する人生のほうが面白いよ」

「そうだね」

たまたま愛せただけなんだ。そこに転がっていた3人を。それを偉業みたいに言いたくもない。感動の物語にもしたくない。だってそれはまるで恋愛みたいに不確かな気持ちだから。

「またときどき実験の経過を報告するよ」

交通情報のモニターの上にある時計を見上げてＮが言う。

「そろそろバス戻るかあ」

「うん」

自動ドアを抜けて外に出ると、キンとした冷たい空気が耳と頬に直撃する。広い敷地の駐車場に数台だけのバスやトラックが停車し、あたりは真っ暗な闇に覆われていて、なんてさびしい景色なんだろうと思う。すごく遠くまで来てしまったような気分になる。けれどこんなさびしさが好きだ。

バスに乗り込むと、私たちが最後の乗客だったのか、すぐにドアが閉まりバスが動き出す。

シートにもたれてブランケットをかぶったらすぐに眠気がやってきた。まっすぐな高速を走る規則的なエンジン音がだんだん遠くなっていく。

次に起きるときには、もう朝になっているのだろう。

本書に登場した本一覧

プロローグ

花田菜々子『出会い系サイトで70人と実際に会ってその人に合いそうな本をすすめまくった1年間のこと』（河出文庫）

長江貴士『書店員X「常識」に殺されない生き方』（中公新書ラクレ）

第1章

天久聖一・椎名基樹・せきしろ『バカサイ'13』（扶桑社）

第2章

バージニア・リー・バートン文・絵　いしいももこ訳『せいめいのれきし』（岩波書店）

筒井頼子 作 林明子 絵『はじめてのおつかい』（福音館書店）

加古里子 作・絵『だるまちゃんとてんぐちゃん』（福音館書店）

佐々木マキ作・絵『やっぱりおおかみ』（福音館書店）

椰月美智子『しずかな日々』（講談社文庫）

シェル・シルヴァスタイン作　村上春樹 訳『おおきな木』（あすなろ書房）

第3章

江國香織『落下する夕方』（角川文庫）

岡本太郎『自分の中に毒を持て　あなたは、常識人間を捨てられるか』（青春文庫）

かあいがもん『お父さんの日記』（宝島社）

第4章

山里亮太『天才はあきらめた』（朝日文庫）

佐々木正美『子どもの心の育てかた』（河出書房新社）

打越正行『ヤンキーと地元　解体屋、風俗経営者、ヤミ業者になった沖縄の若者たち』（筑摩書房）

山本さほ『岡崎に捧ぐ』（BIG COMIC スペリオール、小学館）

星野源『よみがえる変態』（文春文庫）

第5章

犬山紙子『アドバイスかと思ったら呪いだった。』（ポプラ文庫）

上間陽子『裸足で逃げる』（太田出版）

田房永子『母がしんどい』（角川文庫）

第6章

きのコ『わたし、恋人が2人います。複数愛《ポリアモリー》という生き方』（WAVE出版）

中島美代子『らも　中島らもとの三十五年』（集英社文庫）

渡辺ペコ『1122』（モーニングKC、講談社）

末井昭『結婚』（平凡社）

栗原康『アナキズム　一丸となってバラバラに生きろ』（岩波新書）

栗原康『村に火をつけ、白痴になれ　伊藤野枝伝』（岩波現代文庫）

林伸次『恋はいつもなにげなく始まってなにげなく終わる。』（幻冬舎）

ダニエル・タメット　古屋美登里 訳『ぼくには数字が風景に見える』（講談社文庫）

＊2020年2月現在の情報をもとにしています。

子どもとの関係性や親子問題について考えるための13冊

このたびは本書を最後までお読みいただきありがとうございました。前作『出会い系サイトで70人と実際に会ってその人に合いそうな本をすすめまくった1年間のこと』では出会い系で知らない人と会うことの面白さを書かせていただきましたが、知らない子どもとの出会い、というものも私にとってはそれ以上に鮮やかで眩しく、やはり同じように忘れぬうちに書き留めておきたくなりました。

それに、シングルマザー、シングルファーザーはこの世にたくさんいるのに、そして再婚する家庭も多いはずなのに、子どもとどんなふうに接していくのがよいのかを書いた本があまりにも見つからないことも、この本を書こうと思ったきっかけのひとつです。

少し特殊かもしれませんが、同じ悩みを抱えている人に届いたらそれがいちばんうれしいです。

さて、シングルファーザーと付き合うための心がまえの本は結局見つかりませんでしたが、結局のところ、いわゆる育児書よりもノンフィクションやエッセイとして読まれている本に日々を進めるための大きなヒントがありました。

　私はどんな悩みも本に壁打ちしながら考えないと思考が進まないので、これらの本はとても役に立ってくれました。自分の悩みやためらいに、いくらでも答えをくれ続けるような本です。もし気になる本があったら、ぜひ手にとってみてください。

幡野《はたの》広志《ひろし》『ぼくが子どものころ、ほしかった親になる。』（ＰＨＰ研究所）

末期ガンを患い、それでも写真家として活動し続ける著者が、息子に遺言として書き残したメッセージ。自分自身を苦しめた毒親についても触れ、今まで誰も言わなかったような真新しい本音で、やさしく自由に生きられるようにという願いが込められた力強い本。

鳥羽《とば》和久《かずひさ》『親子の手帖』（鳥影社）

九州でちょっと変わった学習塾を営む著者のやわらかい教育論のようなエッセイ。理想を押し付けず、子どもたちの心を引き出すようなやりとりが天才的で、実践的に「なるほど、こんなときはこんなふうに言えばいいんだ」という知識としても役立った。

植本一子《いちこ》『台風一過』（河出書房新社）

自らの娘2人と、新しい彼氏（？）との生活を綴った日々の記録。立場は真逆だが元からある同性3人の家族に異性の他者が入っていくところはまったく同じで、先輩の声のように読んだ。やはり前を歩いている人が誰もいない状況はしんどい。

鳥飼《とりかい》茜《あかね》『漫画みたいな恋ください』（筑摩書房）

こちらも連れ子と新しい交際相手をめぐる日記。社会的に何と言われようとも、それぞれが自分と相手と子どもとのあいだに発生している独自の問題に取り組み、カタをつけるしかないのだなということを改めて教えてくれる。

齋藤陽道《ようどう》『声めぐり』（晶文社）

耳の聞こえない齋藤さんの人生の物語。序盤の、「健常者に近い形で生きられることが幸せ」と思い込む母と、そのためにどんどん自分を否定されたように感じ閉じていく著者とのすれ違いの激しい痛みは今も胸に焼き付いている。その後の人生の切り拓かれ方や、ご本人も子どもを持ったことを通して親子問題を考えるときいつも思い出してしまう1冊。

田房永子『お母さんみたいな母親にはなりたくないのに』（河出書房新社）

母による支配や虐待の体験をていねいに描き出すとともに、自らの子育てにおいてその連鎖を生んでしまう加害心理や葛藤についても深くえぐるコミックエッセイ。とことん自らの心理を客観視し、克服していこうとする姿には尊敬しかない。

菊池真理子『毒親サバイバル』（KADOKAWA）

同じく母は自殺、父はアルコール依存症というハードな環境の中で育った著者が、毒親のもとで育ったと自認する人々に話を聞きそれぞれの体験をまとめたコミックエッセイ。毒親のタイプもさまざまであり、皆後遺症に苦しみながらも新しい人生を摑み取っていて勇気付けられる。

瀧波ユカリ『ありがとうって言えたなら』（文春コミックス）

母親の癌告知から看取りまでの日々を綴った1冊。美談ですまされがちな最後の日々の、さまざまなつらさや揺れる心を繊細に描いている。親に対して「感謝だけ」とか「憎しみだけ」という人のほうが少ないだろう。その複雑な愛が静かに伝わる。

山崎ナオコーラ『母ではなくて、親になる』（河出文庫）
神格化されがちな母性や母親の愛について、ひとつひとつていねいに向き合い、否定していく。当たり前とされていることを疑うことから始まるオリジナルの子育て論は、「普通」を受け入れられない人たちを力強く応援してくれる。

古泉智浩《こいずみともひろ》『うちの子になりなよ　ある漫画家の里親入門』（イースト・プレス）
かつてサブカル漫画家として人気を博していた漫画家による実話コミック。特別養子縁組への取り組みや自分たち夫婦の心情をわかりやすく描いている。望まれてもらわれていく子どもはこんなにも幸せで、血のつながりなど何の意味もないことを再確認させてくれる。

光用《みつもち》千春『コスモス　お父さん今日から2人暮らしですね』（CUE COMICS）
両親の離婚が決まり、父と2人暮らしすることになった小学生の花。雑な周囲の干渉をはねのけ、はなの頭の中は豊かな感情でいろどられている。その繊細な感情と関係性をやさしくすくいとる異色のコミック。

東畑開人《とうはたかいと》『居るのはつらいよ　ケアとセラピーについての覚書』（医学書院）
心理カウンセラーの資格を持つ著者が、それを生かした仕事をしようと就職した先は、研究職とはまったくイメージのかけ離れたデイケアセンターの世話係。治療をして状況を動かす「セラピー」ではなく、ただ居ることが必要とされる「ケア」の世界で、著者は格闘しながら他者とつながり、居ることを獲得していく。楽しく読める医学ノンフィクション。

能町みね子『結婚の奴』（平凡社）

異性と恋愛の末に結婚をするのが当たり前である現代社会になじむことのできなかった能町さんが、ゲイの知人と恋愛抜きの「結婚」をしてみる、という人生を賭けた実験の記録。結婚とは何か、家族とは何か。それは誰かに規定されることではなく、オリジナルルールを自分で決めていいと教えてくれる力強い１冊。

本書は書き下ろしです。実話をもとにしていますが、
登場人物は一部フィクションです。

花田菜々子（はなだ・ななこ）

1979年、東京都生まれ。「ヴィレッジヴァンガード」、「二子玉川蔦屋家電」ブックコンシェルジュ、「パン屋の本屋」店長を経て、2020年現在「HMV & BOOKS HIBIYA COTTAGE」の店長を務める。著書に『出会い系サイトで70人と実際に会ってその人に合いそうな本をすすめまくった1年間のこと』、編著書に『まだまだ知らない夢の本屋ガイド』がある。

シングルファーザーの年下《としした》彼氏《かれし》の子《こ》ども2人《ふたり》と格闘《かくとう》しまくって考《かんが》えた「家族《かぞく》とは何《なん》なのか問題《もんだい》」のこと

2020年3月20日　初版印刷
2020年3月30日　初版発行

著　者　花田菜々子
発行者　小野寺優
発行所　株式会社河出書房新社
〒151-0051
東京都渋谷区千駄ヶ谷2-32-2
03-3404-1201〔営業〕
03-3404-8611〔編集〕
http://www.kawade.co.jp/

本文組版　株式会社キャップス
印刷・製本　株式会社暁印刷

落丁本・乱丁本はお取り替えいたします。
本書のコピー、スキャン、デジタル化等の無断複製は著作権法上での例外を除き禁じられています。本書を代行業者等の第三者に依頼してスキャンやデジタル化することは、いかなる場合も著作権法違反となります。

Printed in Japan　ISBN978-4-309-02870-5

出会い系サイトで70人と実際に会ってその人に合いそうな本をすすめまくった1年間のこと

花田菜々子

菜々子、33歳。職業、書店員。既婚、ただし別居中。出会い系サイトに登録して初対面の人にぴったりの本をおすすめし始めて……笑えて泣けて、まさかの感動の声続々！　話題沸騰のベストセラー文庫化。

母ではなくて、親になる

山崎ナオコーラ

妻は作家で、夫は町の書店員。妊活、健診、保育園落選……赤ん坊が1歳になるまでの親と子の驚きの毎日とは!? 単行本刊行とともに大きな反響を呼んだ、あの出産・子育てエッセイがついに文庫化。

お母さんみたいな母親にはなりたくないのに

田房永子

実母との関係に悩む女性が、「女の子のママ」になったら一体どうなる⁉　『母がしんどい』『ママだって、人間』の田房永子が今度は自分が母として、娘との日々を描くコミックエッセイ。

台風一過

植本一子

壮絶なる闘病生活の果に、夫にしてラッパーのＥＣＤが亡くなった。激変していく毎日の暮らしのなかで、今もなお家族のなかに生き続ける夫の姿とは？　気鋭の写真家が記録した、新しい家族の形。

子どもの心の育てかた

佐々木正美

子ども達がこの素晴らしい世界で生きていくときに最も必要なものは、どこででも根を張り花を咲かせることができるあたたかくて強い心。児童精神科医からすべての子どもと共に生きる人々へ。

かか

宇佐見りん

壊れてしまった母（かか）を救うため、19歳の浪人生うーちゃんはある祈りを抱え熊野へ旅に出る。20歳の野性味あふれる感性で描き出す、痛切な愛と自立の物語。第56回文藝賞受賞作。

死してなお踊れ　一遍上人伝

栗原康

行くぜ極楽、何度でも。家も土地も財産も、奥さんも子どもも、ぜんぶ捨てて一遍はなぜ踊り狂ったのか。他力の極みを生きた信仰の軌跡を踊りはねる文体で蘇らせて、未来をひらく絶後の評伝。